EDITION OSHO

Die Texte für dieses Buch sind ausgesuchte Transkripte aus verschiedenen Diskurs-Serien die Osho vor einer internationalen Zuhörerschaft gehalten hat. Alle Osho Diskurse sind als Originale publiziert worden und als Original-Audios erhältlich. Audios und das vollständige Text-Archiv finden sie unter der online Bibliothek „Osho Library" bei www.osho.com

MIX
Papier aus verantwortungsvollen Quellen
FSC
www.fsc.org
FSC® C083411

Titel der Originalausgabe:
Drama of Relationship or Adventure of Love

15. Auflage 2024
Umschlaggestaltung: Bunda S. Watermeier, www.watermeier.net
Übersetzung: Nirvano Spohr

Druck: CPI books, Leck
Printed in Germany
ISBN 978-3-936360-81-3

OSHO

Beziehungsdrama oder Liebesabenteuer

INHALT

WENN ZWEI ZENTREN SICH TREFFEN

Wann sollten wir bei einem Partner bleiben, und wann sollten wir uns aus einer Beziehung zurückziehen, die uns hoffnungslos oder gar zerstörerisch vorkommt? Und sind unsere Beziehungen durch frühere Leben beeinflusst?

EINE BEZIEHUNG IST EINES DER MYSTERIEN DES LEBENS, UND weil sie zwischen zwei Menschen existiert, ist sie von beiden abhängig. Wenn sich zwei Menschen begegnen, wird eine neue Welt geschaffen.

Einfach durch ihr Zusammentreffen wird ein neues Phänomen geschaffen – eines, das vorher nicht da war, eines, das es nie vorher gegeben hat. Und durch dieses neuartige Phänomen werden beide Menschen verwandelt und transformiert. Ohne Beziehungen seid ihr das eine – mit Beziehungen seid ihr sofort etwas anderes. Etwas Neues ist geschehen.

Wenn eine Frau zur Geliebten wird, ist sie nicht mehr dieselbe Frau. Ein Mann, der zum Vater wird, ist nicht mehr der gleiche Mann. Ein Kind wird geboren – aber eines vergessen wir dabei völlig, dass im gleichen Augenblick auch die Mutter geboren wird. Sie hat vorher nicht existiert. Die Frau gab es, aber nicht die Mutter. Die Mutter ist etwas absolut Neues. Ihr knüpft eure Beziehungen, und umgekehrt knüpfen die Beziehungen auch euch. Zwei Menschen begegnen sich. Das heißt, zwei Welten begegnen sich. Das ist keine einfache Sache. Es ist komplex, das Komplexeste, was es gibt. Jeder Mensch ist eine Welt für sich – ein komplexes Geheimnis mit einer langen Vergangenheit und mit ewiger Zukunft.

Am Anfang treffen sich nur die Oberflächen. Wenn die Beziehung intimer wird, wenn man näher und tiefer zusammenwächst, dann treffen sich allmählich auch die Zentren. Wenn sich zwei Zentren treffen, nennt man es Liebe. Wenn Oberflächen sich begegnen, ist es Bekanntschaft. Man berührt den anderen von außen, nur so vom Randbezirk aus. Oft wird Bekanntschaft für Liebe gehalten. Dann befindet ihr euch im Irrtum; denn Bekanntschaft ist nicht Liebe.

Liebe ist sehr selten. Um einen Menschen in seinem Zentrum zu begegnen, muss man selbst durch eine innere Revolution gehen. Denn wenn man jemandem in seinem Zentrum begegnen möchte, muss man ihm auch erlauben, das eigene Zentrum zu erreichen. Ihr müsst verletzbar werden, absolut verletzbar und offen. Es ist ein Wagnis. Jemandem zu erlauben dein Zentrum zu berühren, ist ein gefährliches Risiko. Man kann nie wissen, was der andere mit einem macht, wenn man einmal alle seine Geheimnisse preisgegeben hat, wenn das Verborgene ans Licht gekommen ist. Wenn man völlig bloßgestellt ist, weiß man nie, was der andere tun könnte. Diese Angst ist da. Und darum sind wir nie offen.

Wir haben Bekanntschaften und glauben, es sei Liebe. Oberflächen treffen sich, und wir meinen, wir hätten uns getroffen. Ihr seid nicht eure Oberfläche. In Wirklichkeit ist die Oberfläche die Grenze, wo ihr aufhört; nur der Zaun um euch herum. Das seid ihr nicht! Die Oberfläche ist die Stelle, wo ihr aufhört und die Welt beginnt.

Selbst Eheleute, die viele Jahre zusammengelebt haben, mögen nur Bekannte sein. Sie mögen sich nie kennen gelernt haben. Und je länger man mit jemandem zusammenlebt, desto mehr vergisst man, dass die Zentren unbekannt geblieben sind.

Das Erste also, was man verstehen muss, ist, dass man Bekanntschaft nicht für Liebe halten darf. Ihr könnt eine sexuelle Beziehung haben, ihr könnt zusammen schlafen, aber Sex ist auch oberflächlich. Wenn sich die beiden Zentren nicht begegnen, ist Sex nur die Begegnung zweier Körper. Und eine körperliche Begegnung ist nicht eure Begegnung. Sex bleibt auch nur Bekanntschaft – körperlich, aber doch nur Bekanntschaft.

Man kann jemanden nur in sein Zentrum hereinlassen, wenn man keine Angst hat, wenn man nicht furchtsam ist. Darum sage ich euch, es gibt zwei Lebensweisen: Eine ist angstorientiert und die andere liebesorientiert.

Ein angstorientiertes Leben kann euch niemals in eine tiefe Beziehung führen. Ihr habt immer Angst und könnt dem anderen nicht erlauben, zu eurem tiefsten Mittelpunkt vorzudringen. Ihr lasst den anderen bis zu einem gewissen Punkt ein – und dann kommt die Mauer, wo alles aufhört.

Ein liebesorientierter Mensch ist ein religiöser Mensch. Ein liebesorientierter Mensch ist einer, der keine Angst vor der Zukunft hat, der sich nicht vor dem Ergebnis und den Konsequenzen fürchtet, der im Hier und Jetzt lebt.

Genau das sagt Krishna zu Arjuna in der *Bhagavad Gita:* „Kümmere dich nicht um die Konsequenzen. Das ist die angstorientierte Einstellung. Denk nicht daran, was geschehen könnte, bleib einfach hier und handle total. Kalkuliere nicht." Ein angstorientierter Mensch schätzt immer ab, macht Pläne, arrangiert, sichert sich ab. Sein ganzes Leben vergeudet er damit.

Ich habe von einem alten Zen-Mönch gehört, der auf seinem Sterbebett lag. Sein letzter Tag war gekommen und er teilte seinen Schülern mit, dass er an diesem Abend sterben würde.

Er wurde von vielen geliebt und alle Anhänger, Schüler und Freunde kamen. Von fern und nah versammelten sich die Leute. Einer seiner alten Schüler rannte zum Marktplatz, als er hörte, dass sein Meister sterben würde.

Jemand fragte: „Warum gehst du auf den Marktplatz, wenn der Meister in seiner Hütte liegt und stirbt?"

Der alte Schüler sagte: „Ich weiß, dass mein Meister einen speziellen Kuchen besonders gerne mag, und ich will ihm diesen Kuchen kaufen."

Es war nicht leicht, den Kuchen zu finden, weil er schon lange aus der Mode gekommen war, aber irgendwie gelang es ihm doch noch gegen Abend, und er rannte mit dem Kuchen zur Hütte.

Alle hatten sich schon Sorgen gemacht. Es schien, als wartete der Meister auf etwas. Er machte seine Augen immer wieder auf, sah sich um und schloss sie dann wieder. Und dann kam der Schüler.

Der Meister sagte: „Ah, da bist du ja! Wo ist der Kuchen?"

Der Schüler holte den Kuchen hervor. Er war so glücklich, dass der Meister danach gefragt hatte.

Sterbend nahm der Meister den Kuchen in seine Hand, sie zitterte nicht. Er war schon sehr alt, aber seine Hand zitterte nicht.

Jemand fragte: „Du bist so alt und stehst an der Schwelle des Todes. Der letzte Atemzug ist bald getan, aber deine Hand zittert gar nicht."

Der Meister sagte: „Ich zittere nie, weil ich keine Angst habe. Mein Körper ist alt geworden, aber ich bin noch immer jung und werde jung bleiben, selbst wenn der Körper gestorben ist."

Dann biss er ab und begann den Kuchen zu verspeisen.

Jemand fragte: „Meister, was ist deine letzte Botschaft? Du wirst uns bald verlassen ... Was sollen wir im Gedächtnis bewahren?"

Der Meister lächelte und sagte: „Ah, dieser Kuchen ist köstlich!"

Das ist ein Mensch, der im Hier und Jetzt lebt. Ah, dieser Kuchen ist köstlich! Selbst der Tod spielt keine Rolle. Der nächste Moment ist ohne Bedeutung. In diesem Moment ist dieser Kuchen köstlich. Wenn ihr im Moment, in diesem Moment, in dieser Gegenwart, in dieser Fülle leben könnt, nur dann könnt ihr lieben.

Die Liebe ist eine seltene Blume. Sie blüht nur hin und wieder einmal. Millionen von Menschen leben in der irrigen Vorstellung, dass sie Liebende seien. Sie glauben, dass sie lieben, aber das ist nur ihr Glaube. Liebe ist ein seltenes Aufblühen. Nur manchmal geschieht sie. Sie ist selten, weil sie nur geschehen kann, wenn keine Angst da ist – niemals vorher. Das bedeutet, dass Liebe nur einem zutiefst spirituellen, religiösen Menschen geschehen kann. Sex kann jeder haben. Bekanntschaft ist für alle möglich, aber nicht Liebe.

Wenn ihr keine Angst habt, gibt es nichts zu verstecken. Dann könnt ihr offen sein, dann könnt ihr alle Grenzen aufheben und dann könnt ihr den anderen einladen, euch im tiefsten Inneren zu treffen. Und vergesst nicht, wenn ihr jemandem erlaubt, tief in euch einzudringen, wird der andere euch auch erlauben, in ihn oder sie einzudringen. Wenn du jemanden tief in dich hereinlässt, entsteht Vertrauen. Wenn du keine Angst hast, wird auch der andere furchtlos.

In eurer Liebe ist immer Angst dabei. Der Ehemann hat Angst vor der Frau. Die Ehefrau hat Angst vor dem Ehemann. Liebende haben immer Angst; also ist es keine Liebe, also ist es nur ein Abkommen zwischen zwei ängstlichen Menschen, die voneinander abhängen, die sich streiten und ausnutzen, manipulieren, beherrschen, kontrollieren, besitzen wollen. Aber es ist keine Liebe. Wenn ihr zulassen könnt, dass Liebe geschieht, dann ist es nicht nötig, zu beten oder zu meditieren, dann braucht ihr keinen Tempel, keine Kirche. Ihr könnt Gott völlig vergessen, wenn ihr lieben könnt. Denn durch Liebe ist euch alles geschehen – Meditation, Gebet, Gott. Alles das wird euch geschehen.

Das meint Jesus, als er sagt: „Liebe ist Gott." Aber Liebe ist schwierig. Die Angst muss aufgegeben werden. Und das ist das Merkwürdige – ihr habt so viel Angst, und dabei habt ihr nichts zu verlieren.

Kabir sagt irgendwo: „Ich sehe in die Leute hinein. Sie haben so viel Angst, aber ich sehe nicht warum – sie haben doch nichts zu verlieren." Weiter sagt Kabir: „Sie sind wie ein nackter Mensch, der nicht wagt, im Fluss baden zu gehen, weil er Angst hat, seine Kleider werden gestohlen." Ihr befindet euch in der gleichen Situation – ihr habt keine Kleider, aber immer Angst, sie zu verlieren. Was habt ihr zu verlieren? Nichts. Dieser Körper wird euch durch den Tod genommen. Bevor der Tod ihn nimmt, schenkt ihn der Liebe. Was ihr auch besitzt, es wird euch irgendwann genommen werden. Warum nicht mit anderen teilen, bevor es weggenommen wird? Das ist die einzige Möglichkeit es zu besitzen.

Wenn ihr teilen und geben könnt, seid ihr der Herr. Es wird euch sowieso genommen. Ihr könnt nichts ewig behalten, der Tod wird alles zerstören. Wenn ihr mir genau zuhört, werdet ihr verstehen, dass der Kampf zwischen dem Tod und der Liebe stattfindet. Wenn ihr geben könnt, gibt es keinen Tod. Bevor euch irgendwas genommen werden kann, habt ihr es schon weggegeben. Ihr habt ein Geschenk daraus gemacht. Dann kann es keinen Tod geben.

Für einen Liebenden gibt es keinen Tod. Für einen, der nicht liebt, ist jeder Augenblick ein Tod, denn jeden Moment wird ihm etwas entrissen. Sein Körper verschwindet bereits – er verliert ihn mit jedem Augenblick mehr. Der Tod wird kommen und alles auslöschen. Was ist die Angst? Warum habt ihr solche Angst? Selbst wenn alles über euch bekannt ist und ihr ein offenes Buch seid, warum sich fürchten? Wie kann euch das schaden? Alles nur falsche Vorstellungen, nur falsche Konditionierungen, die euch die Gesellschaft mitgegeben hat – dass man sich verstecken und schützen muss, dass man andauernd kämpfen muss, dass alle anderen Feinde und gegen dich sind. Niemand ist gegen dich. Selbst wenn du das Gefühl hast, dass jemand gegen dich ist, ist es ein Irrtum. Alle sind mit sich selbst beschäftigt, nicht mit dir. Es gibt nichts zu fürchten. Das muss man erkannt haben, bevor eine echte Beziehung möglich ist. Es gibt nichts zu fürchten.

Meditiert darüber. Und dann erlaubt dem anderen, in euch einzutreten – ladet ihn ein hereinzukommen und legt ihm nicht irgendein Hindernis in den Weg; werdet zum offenen Durchgang, einfach immer offen – keine Riegel, keine verschlossenen Türen in eurem Inneren. Dann ist Liebe möglich. Wenn zwei Zentren sich treffen, ist Liebe da. Und Liebe ist ein alchemistischer Vorgang.

Es ist, wie wenn sich Wasserstoff und Sauerstoff mischen und etwas Neues entsteht – das Wasser. Man kann Sauerstoff haben, man kann Wasserstoff haben – wenn du durstig bist, nutzen sie nichts. Du kannst so viel Sauerstoff haben, wie du willst, so viel Wasserstoff, wie du willst, aber der Durst wird davon nicht gelöscht.

Wenn sich zwei Zentren treffen, entstehet etwas Neues. Hm? Dieses Neue ist Liebe. Und sie ist wie Wasser – und löscht den Durst vieler Leben. Auf einmal ist man zufrieden. Das ist das sichtbare Merkmal der Liebe, man wird so zufrieden, als hätte man alles erreicht. Es gibt nichts mehr zu erreichen. Man ist am Ziel. Es gibt kein Ziel mehr. Die Bestimmung hat sich erfüllt. Der Same ist zur Blume geworden. Er ist zum völligen Erblühen gekommen.

Tiefe Zufriedenheit ist das sichtbare Merkmal der Liebe. Wenn jemand liebt, kann man seine Liebe nicht sehen, aber man kann die tiefe Zufriedenheit sehen, die tiefe Befriedigung, die ihn umgibt.

Jeder Atemzug von ihm, jede Bewegung, sein ganzes Wesen – zufrieden. Ihr werdet überrascht sein, wenn ich euch sage, dass Liebe euch wunschlos macht. Denn Wünsche kommen aus der Unzufriedenheit. Man begehrt, weil man nicht hat. Ihr wünscht euch Dinge, weil ihr denkt, dass ihr zufrieden seid, wenn ihr sie besitzt. Wünsche kommen aus der Unzufriedenheit.

Wenn Liebe da ist und zwei Zentren sich getroffen haben und ineinander verschmolzen sind und die neue alchemistische Qualität geboren ist, dann ist Befriedigung da. Es ist, als stünde die ganze Existenz still – keine Bewegung. Dann ist der gegenwärtige Moment der einzige Moment, dann kannst du sagen: „Ah, dieser Kuchen ist köstlich!" Selbst der Tod ist ohne Bedeutung für einen, der liebt. Ich sage euch: Die Liebe wird euch furchtlos machen. Seid ohne Angst, werdet furchtlos und offen. Erlaubt einem anderen Zentrum euer eigenes, inneres Zentrum zu treffen. Ihr werdet dadurch neu geboren, eine neue Wesensqualität wird geschaffen. Diese Wesensqualität sagt, dass Gott ist. Gott ist kein Argument, sondern eine Erfüllung, ein Gefühl des Erfülltseins.

Es wird euch aufgefallen sein, dass ihr Gott immer dann leugnen wollt, wenn ihr unzufrieden seid. Wenn ihr unzufrieden seid, möchte euer ganzes Wesen ausrufen, dass es keinen Gott gibt. Der Atheismus entsteht nicht aus logischem Denken, sondern aus Unzufriedenheit. Man kann es rationalisieren – das steht auf einem anderen Blatt. Man sagt vielleicht nicht, dass man unzufrieden ist und dass man deswegen Atheist ist. Man sagt vielleicht: Es gibt keinen Gott, und ich habe Beweise. Aber das ist nicht die Wahrheit. Wenn du zufrieden bist, sagt dein ganzes Wesen plötzlich, dass es Gott gibt. Auf einmal fühlst du es: Die ganze Welt wird göttlich. Wenn ihr liebt, fühlt ihr zum ersten Mal wirklich, dass die Schöpfung göttlich ist und alles, was es gibt, ein Segen. Aber viel muss getan werden, bevor das geschehen kann. Vieles muss zerstört werden, bevor das geschehen kann. Ihr müsst alles, was Barrieren in euch schafft, zerstören.

Macht die Liebe zu einem *sadhana*, zu einer spirituellen Disziplin. Lasst es keine leichtfertige Angelegenheit sein. Lasst es nicht nur eine oberflächliche Beschäftigung sein. Lasst sie nicht nur körperliche Befriedigung sein. Macht sie zur inneren Suche, und betrachtet den anderen als Hilfe, als einen Freund. Wenn ihr schon etwas von Tantra gehört habt, wisst ihr sicher, dass Tantra sagt: Wenn du einen Geliebten finden kannst, einen Freund, Mann oder Frau, der bereit ist, mit dir dem inneren Zentrum entgegenzugehen, der bereit ist, mit dir den höchsten Gipfel einer Beziehung zu erreichen, dann wird diese Beziehung zur Meditation. Dann kannst du durch diese Beziehung zur letztmöglichen Beziehung gelangen. Dann wird der andere zur Tür.

Lasst es mich erklären: Wenn man jemanden liebt, verschwindet das Oberflächliche allmählich, die Form des anderen löst sich auf. Man kommt mehr und mehr in Kontakt mit dem Inneren, dem Formlosen. Allmählich wird die Gestalt undeutlich und verschwindet. Und wenn man noch tiefer geht, fängt selbst dieses formlose Individuum an, sich aufzulösen und zu schmelzen. Dann öffnet sich das Jenseits. Dann war dieser spezielle Mensch nur eine Tür, eine Öffnung. Und durch deinen Geliebten findest du das Göttliche. Wir brauchen so viele religiöse Rituale, weil wir nicht lieben können. Das ist der Ersatz – ein erbärmlicher Ersatz.

Eine Meera muss in keinen Tempel gehen. Das gesamte Universum ist ihr Tempel. Sie kann vor einem Baum tanzen, und der Baum wird Krishna. Sie singt vor einem Vogel, und der Vogel wird Krishna. Sie schafft sich ihren Krishna ringsumher. Ihre Liebe ist so groß: Wo sie auch hinschaut, öffnet sich die Tür, und Krishna ist offenbart. Der Geliebte wird offenbart.

Aber der erste Schimmer kommt immer durch ein einzelnes Wesen. Es ist schwierig, mit dem Grenzenlosen in Kontakt zu sein. Es ist so groß, so weit, ohne Anfang und ohne Ende. Wo soll man anfangen? Von wo soll man eintreten? Das Individuum ist die Tür. Verliebt euch, und macht keinen Zweikampf daraus. Macht es zu einem tiefen Zulassen des anderen, einfach zu einer Einladung. Und erlaubt dem anderen, ohne irgendwelche Bedingungen in euch einzudringen. Und plötzlich verschwindet der andere und Gott ist da. Wenn der Mensch, den ihr liebt, nicht göttlich werden kann, dann kann überhaupt nichts auf der Welt göttlich werden. Dann sind alle eure frommen Reden sinnlos. Es kann mit einem Kind geschehen, mit einem Tier, mit einem Hund... Wenn du in einer tiefen Beziehung zu deinem Hund sein kannst, kann es geschehen. Der Hund wird das Göttliche.

Es ist also nicht nur eine Frage von Mann und Frau allein – das ist eine der tiefsten Quellen des Göttlichen, die euch natürlicherweise erreicht, aber es kann von überallher kommen. Der Grundschlüssel ist: Du musst dem anderen erlauben, bis zu deinem tiefsten Inneren, bis zum Grund deines Wesens vorzudringen. Aber wir machen uns immer etwas vor. Wir meinen, wir lieben. Und wenn ihr meint, dass ihr liebt, gibt es keine Möglichkeit, dass Liebe geschieht. Denn wenn das Liebe ist, dann bleibt alles verschlossen. Macht erneute Anstrengungen!

Versucht im anderen das verborgene, wahre Wesen zu finden. Nehmt niemanden für selbstverständlich. Jeder Einzelne ist ein solches Mysterium, dass es endlos ist, wenn man weiter und weiter in den anderen hineingeht. Aber ihr langweilt euch mit dem anderen, weil ihr an der Oberfläche verharrt – immer an der Oberfläche.

Ich habe gerade eine Geschichte gelesen: Ein Mann war sehr krank. Er hatte alle möglichen Behandlungen und Arzneien probiert, aber es hatte alles nichts geholfen. Dann ging er zu einem Hypnotiseur. Der gab ihm ein Mantra, eine Suggestion, die er ständig wiederholen musste: „Ich bin nicht krank." Mindestens eine Viertelstunde morgens und abends musste er wiederholen: „Ich bin nicht krank, ich bin gesund." Und den ganzen Tag über, wann immer er sich erinnerte, musste er es wiederholen.

Nach ein paar Tagen ging es ihm schon besser. Innerhalb weniger Wochen war er völlig in Ordnung. Dann sagte er zu seiner Frau: „Ein Wunder ist geschehen! Soll ich noch einmal zu dem Hypnotiseur gehen und um ein anderes Wunder bitten? In letzter Zeit habe ich keine sexuellen Wünsche mehr und unsere sexuelle Beziehung ist so gut wie tot. Ich verspüre kein Verlangen mehr ..." Seine Frau freute sich und sagte: „Ja, geh nur." Sie war sehr frustriert. Der Mann ging zu dem Hypnotiseur. Als er wiederkam, fragte seine Frau: „Was für ein Mantra hat er dir gegeben?" Der Mann wollte ihr nichts sagen. Aber nach ein paar

Wochen hatte sich sein sexuelles Verlangen wieder eingestellt. Seine Frau war sehr verwundert. Sie bohrte ständig nach, aber der Mann wollte nichts sagen und lachte nur. Eines Tages versuchte sie an der Tür zu lauschen, als er morgens im Badezimmer war und seine Morgenmeditation, das viertelstündige Mantra machte, um zu hören, was er sagte. Was musste sie hören? „Sie ist nicht meine Frau. Sie ist nicht meine Frau. Sie ist nicht meine Frau."

Wir nehmen Menschen für selbstverständlich. Jemand ist deine Frau – und damit erschöpft sich die Beziehung. Jemand ist dein Mann – das genügt. Jetzt gibt es keine Abenteuer mehr, der andere ist zum Gegenstand geworden, zum Gebrauchsartikel. Jetzt ist der andere kein Mysterium mehr, das man suchen muss. Jetzt ist der andere nicht mehr neu.

Denkt daran: Alles stirbt mit dem Alter ab. Die Oberfläche ist immer alt und das Zentrum immer neu. Die Oberfläche kann nicht neu bleiben. Jeden Augenblick wird sie älter und verbrauchter. Nur das Zentrum bleibt immer frisch und jung. Eure Seele ist weder ein Kind noch ein junger Mann noch ein alter Mann. Eure Seele ist einfach ewig frisch. Sie hat kein Alter.

Ihr könnt es ausprobieren: Ihr mögt jung, ihr mögt alt sein, macht die Augen zu und findet es heraus. Versucht zu fühlen, wie euer Zentrum ist. Ist es alt? Ist es jung? Ihr werdet fühlen, dass das Zentrum keins von beiden ist. Es ist immer neu und wird niemals alt. Warum? Weil das Zentrum keine Zeit kennt. Im Laufe der Zeit wird alles alt.

Wenn ein Mensch geboren wird, fängt der Körper schon an alt zu werden. Wenn wir sagen, dass ein Kind eine Woche alt ist, bedeutet das, dass eine Woche Alter in das Kind eingedrungen ist. Das Kind ist schon sieben Tage auf seinen Tod zugegangen. Es bewegt sich auf den Tod zu, früher oder später muss es sterben.

Alles, was in die Zeit eintritt, muss alt werden. In dem Moment, in dem es in die Zeit eintritt, fängt das Altern schon an. Eure Körper sind alt. Eure Oberfläche ist alt. Man kann nicht ewig in sie verliebt sein. Aber euer Zentrum ist auf ewig frisch und jung. Wenn man einmal Kontakt damit hat, wird die Liebe zu einer Entdeckung in jedem Augenblick. Dann hören die Flitterwochen niemals auf. Wenn sie aufhören, waren es in Wirklichkeit keine Flitterwochen, sondern eine bloße Bekanntschaft.

Und das Letzte, woran man sich immer erinnern muss, ist: In einer Liebesbeziehung gebt ihr immer dem anderen die Schuld, wenn etwas schief geht. Wenn etwas nicht so läuft, wie es sollte, ist der andere verantwortlich. Das zerstört jede Möglichkeit für ein zukünftiges Wachstum. Vergesst nicht, dass ihr immer selbst verantwortlich seid, und ändert euch selbst. Lasst alle Eigenschaften, die Kummer machen, fallen. Macht die Liebe zur eigenen Transformation.

Die Kaufleute haben ein Sprichwort: Der Kunde hat immer Recht. Ich möchte euch sagen, dass in der Welt der Beziehungen und der Liebe der andere immer recht hat.

So fühlen Liebende immer. Wenn Liebe da ist, fühlen beide immer: Ich habe etwas falsch gemacht, wenn die Dinge nicht so laufen, wie sie sollten. Und beide fühlen dasselbe. Dann wächst alles, dann öffnen sich die Zentren und die Grenzen verschmelzen. Aber wenn du denkst, dass der andere Unrecht hat, und der andere denkt, dass du Unrecht hast, verschließt ihr euch. Und Gedanken sind ansteckend. Wenn du denkst, dass der andere im Unrecht ist – selbst wenn du nichts gesagt hast, selbst wenn du lächelst und zeigst, dass du nicht so denkst – der andere versteht es genau. Er sieht es in deinen Augen, in deinen Bewegungen, an deinem Gesichtsaudruck. Selbst wenn du ein großer Schauspieler bist und deinen Gesichtsausdruck und deine Bewegungen arrangieren kannst, um deine Gedanken zu verbergen, wird der andere dich durchschauen.

Das Unbewusste sendet ständig Signale: „Du hast Unrecht." Und wenn du sagst, dass der andere Unrecht hat, fängt der andere an zu fühlen, dass du Unrecht hast. Über diese Härte zerbricht dann die Beziehung. So verschließen sich die Menschen. Wenn du jemandem Unrecht gibst, beginnt er sich zu schützen und zu verteidigen. Dann schließen sich die Türen.

Vergesst nie: In der Liebe bist du immer im Unrecht. Dann öffnen sich Möglichkeiten und Wege, und der andere wird genauso fühlen. Wir verursachen die Gefühle im anderen. Wenn zwei Liebende einander nah sind, springen die Gedanken von einem zum anderen. Selbst wenn sie überhaupt nichts sagen. Selbst wenn sie schweigen, kommunizieren sie. Sprache ist für Nicht-Liebende. Für Liebende ist Schweigen Sprache genug. Ohne etwas zu sagen, sagen sie alles.

Macht die Liebe zum *sadhana*, zur inneren Disziplin. Sagt nicht, dass der andere Unrecht hat. Versucht lieber herauszufinden: Irgendwo mache ich etwas falsch – und dann lasst dieses Falsche fallen. Das wird euch nicht leicht fallen, weil es gegen euer Ego geht. Es wird euch nicht leicht fallen, weil euer Stolz verletzt wird. Es wird schwierig werden, weil ihr nicht mehr besitzergreifend sein könnt, weil ihr nicht mehr dominieren könnt. Ihr könnt jetzt nicht mehr mächtig sein, weil ihr den anderen besitzt. Es wird euer Ego zerstören – deshalb wird es schwierig werden. Aber die Zerstörung des Egos ist der Zweck, das Ziel. Von welchem Punkt aus ihr euch der inneren Welt auch nähert – von der Liebe, von der Meditation, vom Yoga, vom Gebet, welchen Weg ihr auch wählt – das Ziel bleibt das gleiche: die Zerstörung des Egos, das Wegwerfen des Egos.

Durch Liebe kann man es leicht erreichen. Und es ist so natürlich! Liebe ist die natürliche Religion. Alles andere ist mehr oder weniger unnatürlich. Wenn ihr nicht durch Liebe arbeiten könnt, wird es schwierig für euch werden, durch irgendetwas anderes zu arbeiten.

Denkt nicht so viel über frühere Leben oder über die Zukunft nach. Die Gegenwart genügt. Denkt nicht, dass diese Freundschaft aus der Vergangenheit kommt. Sie kommt aus der Vergangenheit, aber denkt nicht darüber nach, sonst wird euer Leben nur komplizierter. Macht es euch leichter. Ja, alles setzt sich fort, alles hat seine Kontinuität aus vergangenen Leben. Aber belastet euch nicht damit. Und es wird auch in Zukunft weitergehen; aber denkt nicht darüber nach. Die Gegenwart zu enträtseln, ist schon zu viel. Kaut euren Kuchen und sagt: „Ah, dieser Kuchen ist köstlich!“ Denkt nicht an die Vergangenheit und Zukunft – sie werden sich um sich selbst kümmern.

Alles hat seine Vorgeschichte ... Ihr habt Beziehungen in der Vergangenheit gehabt, ihr habt geliebt und gehasst, ihr habt Freundschaften geschlossen und Feinde gemacht. Das setzt sich fort, ob ihr es wisst oder nicht, es ist immer da.

Aber wenn ihr anfangt darüber zu grübeln, verpasst ihr den gegenwärtigen Moment. Lebt, als gäbe es keine Vergangenheit, als gäbe es keine Zukunft.

Dieser Moment ist alles, was euch gegeben wurde. Benehmt euch, als wäre dieser Moment alles, und lebt ihn aus. Findet heraus, wie ihr eure Energien genau in diesem Augenblick in Liebe umwandeln könnt.

Die Leute kommen zu mir und fragen nach ihren früheren Leben. Sie hatten frühere Leben, aber das ist unwichtig. Warum diese Frage? Was wollt ihr mit der Vergangenheit anfangen? Jetzt ist es schon zu spät! Die Vergangenheit ist vergangen, und man kann nichts mehr ungeschehen machen. Ihr könnt sie nicht ändern. Ihr könnt nicht zurückgehen. Deshalb erlaubt die Natur in ihrer Weisheit nicht, dass ihr euch an frühere Leben erinnert. Sonst würdet ihr verrückt werden.

Womöglich bist du jetzt in ein Mädchen verliebt, und plötzlich wird dir klar, dass das Mädchen in einem früheren Leben deine Mutter war. Dann werden die Dinge sehr kompliziert, was soll man dann machen? Das Mädchen war deine Mutter in einem früheren Leben, jetzt fühlst du dich schuldbewusst, wenn du mit ihr schläfst. Wenn du nicht mit ihr schläfst, fühlst du dich auch schuldbewusst, weil du sie schließlich liebst...

Deshalb sage ich, dass die Natur in ihrer Weisheit nicht zulässt, dass du vergangene Leben siehst – es sei denn, dass du an einen Punkt kommst, wo es erlaubt werden kann. Wenn du so meditativ geworden bist, dass dich nichts mehr stören kann, nur dann öffnen sich die Tore, und alle deine früheren Leben liegen vor dir. Das geschieht ganz automatisch. Manchmal funktioniert dieser automatische Mechanismus nicht richtig. Durch einen Unfall werden manche Kinder geboren, die sich erinnern können. Aber ihr Leben wird dadurch zerstört.

Ein Mädchen wurde vor ein paar Jahren zu mir gebracht. Sie erinnerte sich an ihre letzten zwei Leben. Sie war zu dieser Zeit dreizehn Jahre alt, aber ihre Augen waren die einer Siebzigjährigen. Sie erinnerte sich an siebzig Jahre – zwei frühere Leben. Ihr Körper war dreizehn Jahre alt, aber der Verstand war siebzig Jahre alt. Sie konnte nicht mit den anderen Kindern spielen – wie kann eine alte Frau von siebzig Jahren mit kleinen Kindern spielen? Sie benahm sich und sprach wie eine alte Frau. Und sie war mit allen Sorgen dieser Jahre belastet. Sie erinnerte sich so genau, dass ihre beiden früheren Familien ausfindig gemacht werden konnten.

Eine war in Assam, die andere in Madhya Pradesh. Und als sie die beiden Familien besuchte, wurde sie wieder so anhänglich an beide, dass es zum Problem wurde, wo sie leben sollte. Ich sagte zu den Eltern: „Lasst das Mädchen mindestens drei Wochen bei mir. Ich werde mich bemühen, ihr zu helfen alles zu vergessen, sonst wird ihr Leben zur Perversion. Sie wird sich niemals verlieben können. Sie ist so alt."

Euer Alter hängt mit dem Gedächtnis zusammen. Wenn das Gedächtnisfeld siebzig Jahre beträgt, dann fühlt ihr euch wie siebzig. Sie sah so gequält aus – ihr Gesicht, die Züge, alles gequält. Sie schien in ihrem Zentrum so krank, unwohl, unruhig zu sein. Alles schien falsch zu sein. Aber die Eltern genossen die ganze Sache, weil viele Leute kamen und die Zeitungen Berichte schrieben. Sie genossen das Ganze und wollten nicht auf mich hören.

Ich sagte ihnen: „Das Mädchen wird wahnsinnig werden.“ Daraufhin haben sie das Mädchen nie wieder zu mir gebracht. Aber nach sieben Jahren kamen sie. Das Mädchen war wahnsinnig geworden. Sie sagten: „Jetzt tu was!“

Ich antwortete: „Jetzt ist es unmöglich, noch etwas zu tun. Nun kann nur der Tod ihr noch helfen.“

Ihr erinnert euch nicht, weil es schwierig wäre, damit fertig zu werden. Selbst in diesem Leben macht ihr schon zu viel Unordnung. Wenn ihr viele Leben erinnern könntet, würdet ihr einfach wahnsinnig werden. Denkt nicht darüber nach, es ist irrelevant. Das einzig Relevante ist, im Hier und Jetzt zu sein.

Arbeitet euren Weg aus, und wenn ihr es durch eine Beziehung tun könnt, wunderbar! Wenn ihr es nicht durch Beziehung schafft, dann tut es in eurem Alleinsein. Das sind die zwei Wege.

Liebe heißt, seinen Weg durch Beziehung finden. Meditation heißt, seinen Weg durch Alleinsein finden. Liebe und Meditation – das sind die beiden Wege. Fühlt, welcher zu euch passt. Dann richtet eure gesamte Energie darauf und geht diesen Weg.

Aus: Mein Weg, der Weg der weißen Wolke

LASST RAUM ZWISCHEN EUCH

Kahlil Gibran sagt in „Der Prophet":

Dann sprach Almitra abermals und sagte:
Und was ist mit der Ehe, Meister?
Und er antwortete und sprach:
Ihr wurdet zusammen geboren, und ihr werdet auf immer zusammen sein.
Ihr werdet zusammen sein, wenn die weißen Flügel des Todes eure Tage scheiden.
Ja, ihr werdet selbst im stummen Gedenken Gottes zusammen sein.
Doch lasst Raum zwischen euch und lasst die Winde des Himmels zwischen euch tanzen.
Liebt einander, aber macht die Liebe nicht zur Fessel:
Lasst sie eher ein wogendes Meer zwischen den Ufern eurer Seelen sein.
Füllt einander den Becher,
aber trinkt nicht aus einem Becher.
Gebt einander von eurem Brot,
aber esst nicht vom selben Laib.
Singt und tanzt zusammen und seid fröhlich,
aber lasst jeden von euch allein sein,
So wie die Saiten einer Laute allein sind und doch von derselben Musik erzittern.
Gebt eure Herzen, aber nicht in des anderen Obhut.

Denn nur die Hand des Lebens kann eure Herzen umfassen.
Und steht zusammen, doch nicht zu nah:
Denn die Säulen des Tempels stehen für sich,
Und die Eiche und die Zypresse wachsen nicht im Schatten der anderen.

ALMUSTAFA HAT VON DER LIEBE GESPROCHEN. NUN LIEGT ES nahe, dass er als nächstes die Ehe betrachtet – aber nicht die Ehe, wie ihr sie kennt. Nicht die Ehe, an die sich die ganze Welt bis heute hält, denn sie beruht nicht auf der Liebe. Sie ist nicht in der Liebe verwurzelt. Ganz im Gegenteil, die Ehe ist eine Strategie der Gesellschaft, der Priester und der Politiker, um der Liebe aus dem Weg zu gehen.

Darum gab es früherer – und in den alten östlichen Ländern bis heute – die Kinderehe. Kinder wissen nichts vom Leben, sie wissen nichts von der Ehe. Alle Kulturen und Zivilisationen haben Mittel und Wege gefunden sich ihre Unschuld zunutze zu machen. Schon bevor sie die Liebe im Herzen erfahren, werden sie gebunden. Deshalb ist die Ehe seit Jahrtausenden eine der hässlichsten Einrichtungen, die je von machthungrigen Menschen erfunden wurde.

Almustafa spricht nicht von der Ehe, wie ihr sie kennt. Er spricht nicht einmal von der Liebes-Ehe – das ist eine Neuerung in den entwickelten Ländern. Die Kinder-Ehe ist verschwunden, und die Leute heiraten, wenn sie sich verlieben. Aber sie wissen nichts von der Liebe; das Geheimnis der Liebe ist ihnen absolut unbekannt. Vielmehr nennen sie etwas anderes Liebe, sie nennen die sexuelle Lust Liebe. Eure so genannten Liebesehen sind nichts anderes als blinde Wollust. Liebe ist niemals blind. Hier herrscht Verwirrung, und ihr macht keinen Unterschied, deshalb sagt man „Liebe macht blind". Liebe lässt dich klarer sehen, als alles andere, mit frischen Augen. Die Lust ist allerdings blind, denn sie ist biologisch; sie hat nichts mit deiner Spiritualität zu tun.

Dann sprach Almitra abermals und sagte:
Und was ist mit der Ehe, Meister?

Zum ersten Mal redet sie Almustafa mit „Meister" an... denn die Zeit der Trennung kommt näher. Und alles, was er über die Liebe gesagt hat, kann nur ein Meister sagen – einer, der weiß; einer der es aus eigener Erfahrung weiß.

Und er antwortete und sprach:
Ihr wurdet zusammen geboren...

Diesen Satz dürft ihr nicht missverstehen. Er sagt nicht, dass für jeden Mann irgendwo die richtige Frau geboren wird. Was er sagt, ist etwas völlig anderes. Er sagt: Ihr wurdet zusammen geboren... Durch die Liebe seid ihr gemeinsam geboren worden, denn ihr seid neu, ihr seid frisch, ihr seid jung geworden, ihr seid ein Lied, ihr seid ein Tanz geworden – was ihr vorher nie wart.

... und ihr werdet auf immer zusammen sein.

Wenn ihr aus Liebe geboren wurdet, wenn euer Zusammensein nicht durch die Lust bestimmt wird, wird eure Liebe sich mit jedem Tag vertiefen. Die Lust nimmt mit jeden Tag ab, weil es die Biologie nicht interessiert, ob ihr zusammenbleibt oder nicht. Ihr Interesse ist die Fortpflanzung, und dafür ist keine Liebe nötig. Man kann immer weiter Kinder produzieren, ganz ohne Liebe.

Ich habe die verschiedensten Tiere beobachtet. Ich habe im Wald, in den Bergen gelebt, und ich habe mich immer gewundert: Wenn Tiere sich paaren, schauen sie sehr traurig drein. Ich habe noch nie Tiere gesehen, die bei der Paarung fröhlich sind. Es ist, als ob eine unbekannte Macht sie zwingt, es zu tun. Es ist nicht ihre eigene Entscheidung, es ist nicht ihre Freiheit, sondern ihre Abhängigkeit.

Das macht sie traurig. Das gleiche habe ich beim Menschen beobachtet. Habt ihr einen Ehemann mit seiner Ehefrau auf der Straße gesehen? Ihr wisst vielleicht nicht, ob sie Mann und Frau sind, doch wenn beide traurig aussehen, könnt ihr sicher sein, dass sie verheiratet sind.

Was läuft schief zwischen Ehemännern und Ehefrauen? – selbst dann, wenn sie aus Liebe geheiratet haben! Es ist keine Liebe, aber jeder glaubt zu wissen, was Liebe ist. Es ist pure Lust, und darum habt ihr bald genug voneinander. Die Biologie hat euch um der Fortpflanzung willen getäuscht, doch bald ist der Reiz des Neuen vorbei – immer dasselbe Gesicht, dieselbe Geografie, dieselbe Topografie… Wie oft habt ihr sie schon erforscht! Die ganze Welt ist traurig – und daran ist die Ehe schuld. Und niemand ist sich über die Ursache im Klaren. Die Liebe ist eines der geheimnisvollsten Phänomene. Von dieser Liebe spricht Almustafa hier.

Ihr wurdet zusammen geboren… in dem Augenblick, als die Liebe in euch erwachte. Das war eure wahre Geburt. … *und ihr werdet auf immer zusammen sein,* denn es geschieht nicht aus Lust. Ihr könnt euch nicht langweilen, weil es nicht aus der Lust kommt.

Wenn ihr erst einmal Kinder habt, lässt euch die Biologie in Ruhe, und dann findet ihr es befremdlich, mit einem Fremden zu leben. Die Frau ist dir unbekannt; der Mann ist dir unbekannt. Jetzt könnt ihr nur noch streiten, herumzunörgeln und euch gegenseitig auf die nerven gehen. Das ist nicht Liebe. Liebe ist die Blüte der Meditation. Die Meditation bringt viele Schätze, und wahrscheinlich ist die Liebe die schönste Rose, die am Strauch der Meditation erblüht.

Ihr werdet zusammen sein,
wenn die weißen Flügel des Todes eure Tage scheiden.
Ja, ihr werdet selbst im stummen Gedenken Gottes zusammen sein.
Doch lasst Raum zwischen euch…

Seid zusammen, aber versucht den anderen nicht zu dominieren, versucht den anderen nicht zu besitzen und zerstört nicht die Individualität des anderen. Warum sollte die Frau den Namen des Mannes annehmen? Sie hat ihren eigenen Namen, sie hat ihre eigene Individualität. Stellt euch vor, der Mann würde den Namen der Frau annehmen – welcher Mann wäre dazu bereit? Ihr habt die Frau zerstört, denn sie ist zerbrechlich, zart und zurückhaltend.

Wenn ihr aber zusammenlebt, *lasst Raum zwischen euch…* Der Mann kommt spät nach Hause. Es ist nicht notwendig, absolut unnötig, dass die Frau ihn fragt, wo er gewesen ist und weshalb er so spät kommt. Er hat seinen Freiraum; er ist ein freier Mensch. Zwei freie Individuen leben zusammen, und keiner beeinträchtigt den Freiraum des anderen. Wenn die Frau spät nach Hause kommt, ist es unnötig, zu fragen: „Wo warst du?". Was maßt du dir an? – Sie hat ihr eigenes Leben, ihre eigene Freiheit. Aber so geschieht es tagtäglich, in jedem Heim. Sie streiten sich über Kleinigkeiten, aber im Grunde geht es immer darum, dass einer dem anderen nicht genug Raum lässt.

Die Geschmäcker sind verschieden. Vielleicht hat dein Mann eine Vorliebe für etwas, das du nicht magst. Das bedeutet aber nicht, dass ihr Streit anfangen müsst. Nur weil ihr Mann und Frau seid, bedeutet das nicht, dass ihr die gleichen Dinge mögen müsst. Und diese ständige Fragerei!

Auf dem Heimweg geht jedem Mann durch den Kopf, was sie wohl fragen wird und was er antworten soll. Und die Frau weiß genau, was sie ihn fragen wird und was er ihr antworten wird. Und all diese Antworten sind falsch, erfunden. Er belügt sie.

Die Menschen sind sich nicht bewusst, dass sie überhaupt nicht wissen, was Liebe ist. Liebe ist nie misstrauisch, Liebe ist nie eifersüchtig. Liebe mischt sich nie in die Freiheit des anderen ein. Liebe drängt sich dem anderen nie auf.

Liebe gibt Freiheit, und Freiheit ist nur möglich, wenn genug Raum ist zwischen euch.

Das ist das Schöne an Khalil Gibran – seine ungeheure Einsicht. Liebe bedeutet, dass du froh bist, wenn deine Frau mit jemandem glücklich ist, denn wenn du liebst, möchtest du die eigene Frau glücklich sehen. Wenn du liebst, möchtest du deinen Mann fröhlich sehen. Wenn er mit einer anderen Frau redet und seinen Spaß hat, wird seine Frau sich freuen. Es besteht kein Anlass zum Streit. Sie sind zusammen, um ein glücklicheres Leben zu führen, aber genau das Gegenteil passiert ständig. Es sieht so aus, als wären Ehepaare nur zusammen, um sich gegenseitig das Leben schwer zu machen und sich zu ruinieren. Der Grund ist, dass sie nicht einmal die Bedeutung von Liebe verstehen.

Doch lasst Raum zwischen euch…

Das ist kein Widerspruch. Je mehr Raum ihr euch gegenseitig gebt, umso mehr seid ihr zusammen. Je mehr ihr euch gegenseitig Freiheit lasst, desto intimer werdet ihr sein. Nicht intime Feinde, sondern intime Freunde.

… und lasst die Winde des Himmels zwischen euch tanzen.

Es ist ein existentielles Grundgesetz: Wenn ihr zuviel zusammen seid und keinen Raum für Freiheit lasst, zerstört ihr die Blüte der Liebe. Ihr erdrückt sie und lasst ihr keinen Raum zum Wachsen.

Je mehr die Überbevölkerung auf der Welt zunimmt, umso mehr werden die Menschen verrückt werden, um so mehr werden sie Selbstmorde und Morde begehen – aus dem einfachen Grund, weil sie nicht genug Raum für sich selbst haben. Wenigstens Liebende sollten dafür sensibel sein, dass die Frau ihren Freiraum braucht, genauso wie du deinen Freiraum brauchst.

Eines meiner am meisten geliebten Bücher ist Rabindranath Tagores „*Akhari Kavita*“– Das letzte Gedicht. Es ist kein Gedichtband, sondern ein Roman – aber ein sehr eigenartiger, sehr tiefsinniger Roman.

Eine junge Frau und ein Mann verlieben sich ineinander, und wie es so geht, wollen sie gleich heiraten. Die Frau sagt: „Nur unter einer Bedingung…"

Sie ist sehr gebildet, sehr kultiviert und sehr reich. Der Mann sagt: „Ich werde jede Bedingung akzeptieren, aber ich kann nicht ohne dich leben."

Sie sagte: „Höre dir zuerst die Bedingung an, und dann denke darüber nach. Es ist keine gewöhnliche Bedingung. Die Bedingung ist, dass wir nicht im selben Haus miteinander leben werden. Ich habe ein großes Grundstück an einem schönen See, umgeben von schönen Bäumen, Gärten und Wiesen. Ich baue dir ein Haus auf der anderen Seite des Sees, genau gegenüber dem Haus, in dem ich wohne."

Er sagte: „Wozu sollen wir dann heiraten?"

Sie sagte: „Heiraten bedeutet nicht, sich gegenseitig zu zerstören. Ich gebe dir deinen Raum, und ich habe meinen. Und vielleicht treffen wir uns manchmal beim Spaziergang. Vielleicht treffen wir uns manchmal beim Bootfahren auf dem See – zufällig. Oder ich kann dich manchmal zum Tee zu mir einladen und du kannst mich einladen."

Der Mann sagte: „Diese Idee ist einfach absurd."

Die Frau sagte: „Dann vergiss die ganze Heirat. Das ist die einzig richtige Idee. Nur so kann unsere Liebe weiter wachsen, weil wir immer frisch und neu bleiben. So betrachten wir uns nie als selbstverständlich. Ich hätte das Recht, deine Einladung abzulehnen, so wie du das recht hättest, meine Einladung abzulehnen. Unsere Freiheit würde in keiner Weise beeinträchtigt. Zwischen diesen beiden Freiheiten wächst das schöne Phänomen der Liebe."

Natürlich konnte der Mann das nicht verstehen, und er

gab die Idee auf. Doch Rabindranath hatte dieselbe Erkenntnis wie Khalil Gibran... und beide schrieben es fast zur gleichen Zeit. Wenn es möglich ist, beides zu haben – Raum und Zusammensein –, dann werden *die Winde des Himmels zwischen euch tanzen.*

Liebt einander, aber macht die Liebe nicht zur Fessel.

Sie sollte ein freiwilliges Geschenk sein, im Geben wie im Nehmen, aber es sollte keine Forderung da sein. Sonst werdet ihr schon bald zusammen und doch so weit auseinander sein wie weit entfernte Sterne. Und keine Brücke des Verstehens wird zwischen euch sein, weil ihr nicht einmal Raum für diese Brücke gelassen habt.

Lasst sie eher ein wogendes Meer zwischen den Ufern
eurer Seelen sein.

Wenn ihr beides, Freiheit und Liebe, zusammen haben könnt, braucht ihr nichts anderes mehr. Dann habt ihr alles, wofür euch das Leben geschenkt wurde.

Füllt einander den Becher, aber trinkt nicht aus einem Becher.

Er bemüht sich, euch begreiflich zu machen, wie diese scheinbar entgegen gesetzten Dinge – Freiraum und Zusammensein – nebeneinander möglich sind: Der Unterschied ist sehr subtil, doch wunderschön.

Gebt einander von eurem Brot, aber esst nicht vom selben Laib.
Singt und tanzt zusammen und seid fröhlich, aber lasst jeden
von euch allein sein.

Schränkt den anderen in keiner Weise ein.
So wie die Saiten einer Laute allein sind und doch von derselben Musik erzittern.

Die Saiten der Laute sind allein, und doch erzittern sie von derselben Musik. Die Getrenntheit, der Raum, macht die Individualität der Saiten aus. Und ihr Zusammentreffen, ihr Verschmelzen macht die Musik aus. Die Musik ist die Liebe.

Gebt eure Herzen, aber nicht in die Obhut des anderen.

Geben ist etwas Großartiges. Die Liebe gibt bedingungslos, doch sie gibt nicht ihr Herz in die Obhut des anderen.

Denn nur die Hand des Lebens kann eure Herzen umfassen.
Und steht zusammen, doch nicht zu nah…

Man muss sehr aufmerksam sein. Haltet zusammen, doch ohne den anderen zu zerstören. Nicht zu nah … lasst Raum.

Denn die Säulen des Tempels stehen für sich…

Seht diese Säulen. Sie stehen für sich, und doch tragen sie dasselbe Dach. Da ist Raum, da ist Individualität, und doch gibt es eine Begegnung, ein Verschmelzen, weil sie dasselbe Dach tragen.

Und die Eiche und die Zypresse wachsen nicht im Schatten der anderen.

So viel Raum ist nötig, dass der andere nicht in eurem Schatten steht, sonst kann er nicht wachsen.

Warum sind Menschen, die verliebt sind, ständig verärgert und frustriert? Weil ihr eigenes Wachstum nicht stattfindet. Einer von beiden füllt den ganzen Himmel aus und lässt nicht einmal so viel Raum für den anderen, dass Sonne, Wind und Regen ihn erreichen können.

Das ist keine Liebe; das ist Vereinnahmung, Besitzergreifen. Liebe möchte, dass ihr im selben Tempo zur gleichen Höhe emporwachst, damit ihr zusammen tanzen könnt – in der Sonne, im Wind, im Regen.

Euer Zusammensein sollte eine Kunst sein. Liebe ist die größte Kunst in dieser Existenz.

Aus: Sprich uns von der Liebe

DIE SEELE BRAUCHT LIEBE UND FREIHEIT

Warum fühle ich mich nur lebendig, wenn ich verliebt bin? Ich sage mir immer, dass ich auch ohne den andern vor Freude sprühen sollte – aber bis jetzt ohne Erfolg. Spiele ich mit mir ein dummes „Warten-auf-Godot-Spiel"?
Als meine letzte Liebesgeschichte zu Ende ging, habe ich mir geschworen, dass derselbe tödliche Prozess nicht noch mal passieren soll – aber hier bin ich wieder, mehr tot als lebendig, und warte auf ihn, der da kommen soll.

DU BRAUCHST DEN ANDERN SO LANGE, BIS DU ZU DEINEM eigenen innersten Kern vorgedrungen bist. Solange man sich selbst nicht kennt, braucht man den andern. Aber die Sehnsucht nach dem andern ist sehr paradox, sie ist von Natur aus paradox.

Wenn du allein bist, fühlst du dich einsam, du vermisst den andern, dein Leben scheint unerfüllt. Du wirst freudlos, du fließt nicht, blühst nicht; dein Leben ist unterernährt. Aber wenn du mit dem andern bist, entsteht ein neues Problem, denn der andere beginnt in deinen Raum einzudringen. Er stellt dir Bedingungen, er verlangt etwas von dir, er zerstört deine Freiheit – und das verletzt dich.

Wenn du also mit jemandem zusammen bist, dauern die Flitterwochen nur ein paar Tage … und je intelligenter du bist, desto kürzer sind sie, vergiss das nicht!

Nur für ausgesprochen dumme Leute gibt es lange Flitterwochen; für unsensible Leute währen sie ein ganzes Leben lang. Aber wenn du intelligent bist, feinfühlig, fragst du dich bald: Was hab' ich gemacht? Der andere zerstört deine Freiheit, und dir wird plötzlich bewusst, dass du Freiheit brauchst, denn sie ist ungeheuer wertvoll. Du entschließt dich, dem andern den Laufpass zu geben.

Aber wenn du dann wieder allein und frei bist, fehlt dir etwas, denn dein Alleinsein ist kein wirkliches Alleinsein, es ist Einsamkeit – es ist ein negativer Zustand. Dann vergisst du die Freiheit wieder völlig. Du bist jetzt zwar frei, aber was soll's? Es ist keine Liebe mehr da, und beides – Liebe und Freiheit – sind grundsätzliche Bedürfnisse.

Und die Menschheit lebt bis heute in einem geisteskranken Zustand, in dem nur ein Bedürfnis erfüllt werden kann: Entweder du bist frei, aber dann musst du auch auf die Liebe verzichten... Genau das tun Mönche und Nonnen aller Religionen, sie verzichten auf die Liebe und sind frei. Da ist keiner, der dich behindert, keiner, der sich in deine Angelegenheiten mischt, niemand, der etwas von dir will, niemand, der dich besitzen möchte. Aber dann wird dein Leben kalt, tot. Du kannst in jedes beliebige Kloster gehen und dir die Mönche und Nonnen dort ansehen: Ihr Leben ist hässlich. Es stinkt nach Tod, es duftet nicht nach Leben. Es ist kein Tanz darin, keine Freude, kein Lied. Es gibt keine Lieder mehr, alle Freude ist tot. Sie sind gelähmt, wie können sie da tanzen? Sie sind verkrüppelt, wie können sie tanzen? Es gibt keinen Grund zum Tanzen. Ihre Energie stagniert, sie fließt nicht mehr. Für dieses Fließen braucht man den andern; ohne den andern gibt es kein Fließen.

Aber die meisten Menschen haben sich für die Liebe entschieden und die Idee der Freiheit aufgegeben. Sie leben wie Sklaven. Der Mann hat die Frau zum Ding, zur Ware reduziert, und die Frau tut natürlich dasselbe, auf ihre eigene, subtile Art: Sie macht ihren Mann zum Pantoffelhelden.

Ich habe gehört: In New York versammelten sich ein paar Pantoffelhelden. Sie gründeten einen Protestverein – Männerbefreiungsbewegung oder so was. Und natürlich wählten sie einen der größten Pantoffelhelden zum Präsidenten des Clubs. Sie trafen sich zum ersten Mal, aber der Präsident erschien nicht. Sie machten sich große Sorgen und eilten zu ihm nach Hause und fragten: „Was ist los? Hast du's etwa vergessen?"
Er sagte: „Nein, aber meine Frau lässt mich nicht. Sie sagt: ‚Wenn du dahin gehst, lass ich dich nie wieder rein!' Und das kann ich natürlich nicht riskieren."

Ich habe gehört, dass am Eingang des Paradieses zwei Tafeln angebracht sind, ja, es gibt sogar zwei Türen. Auf der einen Tafel steht: „Pantoffelhelden bitte hier anstellen." Die andere Tür ist für die wenigen menschlichen Wesen, die nicht unterm Pantoffel stehen. Petrus steht da und wartet und hofft, dass eines Tages jemand kommt, der sich an der Tür anstellt, die nicht für die Pantoffelhelden gedacht ist, aber er wartet vergebens. Zu seiner großen Überraschung steht da eines Tages ein kleines, dünnes, schwaches Männchen. Sehr erstaunt fragt Petrus ihn: „Kannst du nicht lesen?"
„Natürlich kann ich lesen, ich bin Philosophieprofessor."

Daraufhin Petrus: „Diese Tür ist nur für Leute, die nicht unterm Pantoffel stehen. Warum stehst du hier, wo alle übrigen an der anderen Tür stehen?"
„Was soll ich denn machen? Meine Frau hat mir gesagt, ich soll hier anstehen. Und selbst wenn der liebe Gott mir was anderes sagt – ich kann hier nicht weggehen, bevor meine Frau es mir nicht erlaubt."

Der Mann hat die Frau zum Sklaven gemacht und die Frau hat den Mann zum Sklaven gemacht. Und beide hassen natürlich die Sklaverei, beide leisten Widerstand. Sie kämpfen ständig miteinander; beim kleinsten Anlass fangen sie zu streiten an.

Aber der wirkliche Kampf findet irgendwo tief drinnen statt, sie kämpfen mit sich, weil sie sich nach Freiheit sehnen. Sie können es nicht so klar ausdrücken, sie haben es vielleicht völlig vergessen. Jahrtausendelang haben sie so gelebt. Sie sehen, dass ihre Väter und Mütter und ihre Großeltern auch so leben... so lebt man eben – sie haben das akzeptiert. Sie sind nicht frei. Es ist ungefähr so, als ob wir versuchen wollten, nur mit einem Flügel in den Himmel zu fliegen. Ein paar haben den Flügel der Liebe und ein paar den Flügel der Freiheit – beide können sie nicht fliegen. Man braucht zwei Flügel zum Fliegen.

Du sagst: *Warum fühle ich mich nur lebendig, wenn ich verliebt bin?* Das ist ganz natürlich, daran ist nichts verkehrt. So sollte es sein. Liebe ist ein natürliches Bedürfnis, so wie Essen. Wenn du Hunger hast, fühlst du dich natürlich nicht wohl. Ohne Liebe hat unsere Seele Hunger; Liebe ist Seelennahrung. So wie der Körper Essen, Wasser und Luft braucht,

braucht die Seele Liebe. Aber die Seele braucht auch Freiheit, und es ist ausgesprochen seltsam, dass wir diese Tatsache noch nicht akzeptiert haben. Wenn du liebst, muss deshalb deine Freiheit nicht zerstört werden. Liebe und Freiheit können beide zusammen existieren; es sind keine Antagonismen. Nur weil ihr so dumm seid, habt ihr einen Antagonismus daraus gemacht. Deshalb glauben die Mönche, dass die Menschen, die in der Welt leben, Narren sind, und die wiederum glauben das von den Mönchen – sie haben überhaupt nichts vom Leben.

> Ein großer Priester wurde gefragt: „Was ist Liebe?"
> Er antwortete: „Ein Wort, das aus drei Vokalen, zwei Konsonanten und zwei Dummköpfen besteht!"

So verurteilen sie die Liebe. Und weil alle Religionen die Liebe verdammen, heben sie die Freiheit in den Himmel. In Indien nennen wir die höchste Erfahrung *moksha* – absolute Freiheit.

Du sagst: *Ich sage mir immer, dass ich auch ohne den andern vor Freude sprühen sollte – aber bis jetzt ohne Erfolg.* Das wird so bleiben, es wird sich nicht ändern. Du solltest vielmehr dein Denkmuster über Liebe und Freiheit ändern.

Liebe einen Menschen, aber gib ihm auch totale Freiheit. Liebe den Menschen, aber mach von allem Anfang an klar, dass du deine Freiheit nicht verkaufst. Und wenn du das nicht hier in dieser Kommune fertig bringst, dann schaffst du es nirgends. Hier entsteht eine neue Menschheit; sie ist noch im Keim, aber bald wird sie zu einem riesigen Baum heranwachsen. Und wir machen hier viele Experimente.

Eine Dimension unseres Experiments ist, Liebe und Freiheit gleichzeitig möglich zu machen, ihre Koexistenz zu ermöglichen.

Liebe einen Menschen, aber besitze ihn nicht, und lass dich nicht von ihm besitzen. Bestehe auf Freiheit, aber gib die Liebe nicht auf! Das ist nicht nötig. Natürlich ist es seit Jahrhunderten so, und du hast dich daran gewöhnt; es ist zum festen Muster geworden.

> Ein alter Farmer aus dem Süden, der kaum noch sprechen konnte, lehnte an einem Zaun am Rande der Straße und beobachtete ein paar Wildschweine im Wald. Alle paar Minuten zwängten sich die Schweine durch ein Loch im Zaun, rasten quer über die Straße in den anderen Teil des Waldes, um kurz darauf wieder zurückzustürmen.
> „Was ist los mit diesen Schweinen?", fragte ein Mann, der gerade vorüberging.
> „Nichts ist los mit denen", krächzte der alte Farmer heiser, „die Schweine da gehören mir, und bevor ich meine Stimme verloren habe, habe ich sie immer gerufen, wenn's Futter gab. Und danach hab' ich immer mit meinem Stock an den Zaun geschlagen."
> Er hörte zu sprechen auf und schüttelte traurig den Kopf. „Und jetzt", sagte er, „bringen diese verfluchten Spechte sie total aus dem Häuschen."

Konditionierung! Und genau das geschieht mit der Menschheit. Ein Schüler von Pawlow – dem Entdecker des konditionierten Reflexes – versuchte etwas Ähnliches. Er kaufte einen jungen Hund und wollte ihn dazu konditionieren,

Männchen zu machen und zu bellen, wenn er etwas fressen wollte. Er hielt das Futter knapp außer Reichweite, bellte ein paarmal und stellte es dann vor dem Hund auf den Fußboden. Er wollte, dass der Hund Männchen machte, wenn er Hunger hatte, und das Bellen mit dem Futter in Verbindung brachte.

Er machte das eine Woche lang, aber der kleine Hund lernte es nicht. Nach einer weiteren Woche gab der Mann auf und stellte das Futter einfach vor den Hund hin, doch der rührte es nicht an. Er wartete, bis sein Herrchen Männchen machte und bellte! Er war eben so konditioniert worden.

Es ist nur Konditionierung, du kannst sie fallen lassen! Du musst nur ein bisschen meditativ werden. Meditation heißt einfach, dass deine Konditionierung aufgelöst wird. Du musst von all dem loskommen, was dir die Gesellschaft aufgezwungen hat. Dann wirst du die Schönheit von Liebe und Freiheit sehen können; sie sind zwei Seiten derselben Medaille.

Wenn du einen Menschen wirklich liebst, gibst du ihm oder ihr totale Freiheit – das ist ein Geschenk der Liebe. Und wenn du Freiheit gibst, bekommst du unendlich viel Liebe. Wenn du jemandem Freiheit gibst, hast du das größte Geschenk überhaupt gegeben, dann strömt dir Liebe entgegen.

Du fragst mich: *Spiele ich mit mir ein dummes „Warten-auf-Godot-Spiel"?* Nein.

Als meine letzte Liebesgeschichte zu Ende ging, habe ich mir geschworen, dass derselbe tödliche Prozess nicht noch mal passieren soll – aber hier bin ich wieder, mehr tot als lebendig, und warte auf ihn, der da kommen soll.

Nur dadurch, dass du es dir schwörst, dass du es dir vornimmst, kannst du nichts verändern – Verständnis ist nötig. Liebe ist ein Grundbedürfnis, Freiheit ist ein Grundbedürfnis, beide müssen erfüllt werden.

Ein Mensch, der liebt und frei ist, ist das Schönste, was es auf der Welt gibt. Und wenn sich zwei Menschen in solcher Schönheit treffen, ist ihre Beziehung überhaupt keine Beziehung. Es ist ein Sich-Beziehen. Es ist ein ständiges, flussgleiches Strömen, ein Wachstum den größten Höhen entgegen.

Der höchste Gipfel von Liebe und Freiheit ist die Erfahrung des Göttlichen. Dort findest du beides: unendliche Liebe, totale Liebe und totale Freiheit.

Aus: I Am That

EKSTASE EXISTIERT NICHT FÜR SICH ALLEIN

Beziehungen herzustellen, die wechselseitige Abhängigkeit aller Dinge, scheint eines der grundlegendsten Gesetze der Natur zu sein. Ich habe zwei Vögel fliegen sehen, vertraut miteinander und mit dem Wind, so leicht und mühelos, in vollkommener Harmonie. Was für ein Geheimnis steckt dahinter, auf das wir Menschen anscheinend nie kommen?
Bitte sag etwas über zwischenmenschliche Beziehungen.

DU MUSST VERSTEHEN, DASS DAS LEBEN EIN DIALEKTISCHER Prozess ist. Es existiert aufgrund der Dualität, es ist ein Rhythmus zwischen zwei Gegensätzen. Wenn du immer glücklich wärst, würde Glück überhaupt nichts mehr bedeuten. Wenn du immer in Harmonie wärst, würdest du nicht wissen, dass es so etwas wie Harmonie überhaupt gibt.

Auf jede Harmonie folgt zwangsläufig eine Unstimmigkeit und auf jedes Glücksgefühl Trauer und Leid. Jedes Vergnügen bringt seine eigene Art von Schmerz und jeder Schmerz sein eigenes Vergnügen. Solange man diese Dualität, auf der das Dasein nun einmal beruht, nicht akzeptiert, macht man sich unnötig unglücklich. Akzeptiert das Dasein in seiner Totalität, mit all seinen Freuden und all seinen Leiden! Verlangt nicht, dass das Unmögliche wahr werden soll: dass ihr nur noch glücklich seid und nie traurig.

Ekstase existiert nicht allein für sich; sie tritt nur durch den Kontrast abgrundtiefen Leids hervor. Auf der schwarzen Tafel des Leids erscheint Seligkeit deutlich und klar, wie die Sterne, die nur in der Dunkelheit der Nacht leuchten. Je dunkler die Nacht, desto heller die Sterne. Und nun ist es nicht so, dass sie tagsüber verschwinden. Sie sind nur nicht sichtbar, denn ohne den Kontrast könnt ihr sie nicht erkennen.

Stell dir ein Leben ohne Tod vor. Das wäre unerträglich, überhaupt nicht lebenswert! Ohne den Tod kann man nicht leben, denn der Tod definiert das Leben erst als solches. Er gibt dem Leben die Intensität. Jeder Augenblick ist nur deshalb kostbar, weil das Leben flüchtig ist und dir aus den Händen gleitet. Was würde Leben bedeuten, wenn es ewig weitergehen würde, wenn du immer noch ein Morgen vor dir hättest? Wer würde dann je im Hier und Jetzt leben?

Das Morgen kann dir den Tod bringen - und so zwingt dich das Morgen, im Heute zu leben. Du musst in den gegenwärtigen Moment eintauchen und ihn bis zur letzten Tiefe auskosten, weil du nicht weißt, ob du noch einen nächsten Moment vor dir hast. Sobald man den Rhythmus dieser wechselseitigen Beziehung akzeptiert, fügt man sich gelassen in beide Extreme. Man begrüßt das Unglück genauso wie das Glück, wie es auch kommen mag, denn man hat erkannt, dass beide Partner im gleichen Spiel sind.

Das ist etwas, was man sich ständig vor Augen halten muss. Wenn du dir diese Dialektik wirklich zu Herzen nehmen kannst, nimmt dein Leben eine völlig neue Wendung. Dann umgibt dich immer und überall eine Aura der Freiheit, ein Hauch der Losgelöstheit, dann bist du nicht mehr gebunden. Du nimmst alles, was kommt, in stiller Gelassenheit hin.

Und ein Mensch, der Schmerz, Frustration und Unglück still und gelassen hinnimmt, verändert die Qualität dieser Erfahrungen von Grund auf. Für einen solchen Menschen wird selbst Unglück zu einem unschätzbaren Erfahrungswert, wird selbst Schmerz zu einem Gefühl, das ihm neue Schärfe und Klarheit verleiht. Selbst die dunkelste Nacht hat dann eine eigene Schönheit, ihre unendliche Tiefe. Für einen solchen Menschen ist der Tod kein Schlusspunkt, sondern der Beginn einer Reise ins Unbekannte.

Du sagst: *Beziehungen herzustellen, die wechselseitige Abhängigkeit aller Dinge, scheint eines der grundlegendsten Gesetze der Natur zu sein.*

Das ist nicht das Gleiche. Beziehungen sind eine Sache für sich, und die wechselseitige Abhängigkeit aller Dinge ist etwas völlig anderes. In einer Beziehung beschließen zwei unabhängige Leute, eine Verbindung miteinander einzugehen. Beziehungen haben nichts mit der wechselseitigen Abhängigkeit aller Dinge zu tun, denn bei Beziehungen handelt es sich um eine Übereinkunft zwischen zwei unabhängigen Leuten. Deshalb sind ja auch alle Beziehungen ein Wahn. Sie beruhen auf dem Wahn der Unabhängigkeit. Aber niemand existiert als unabhängiges Wesen. Und wenn niemand als unabhängiges Wesen existiert, wer soll dann die Beziehung eingehen – und mit wem?

Das Dasein ist ein Gewebe wechselseitiger Abhängigkeit. Niemand ist unabhängig. Ihr könnt nicht für einen einzigen Moment unabhängig von allem anderen existieren. Die gesamte Existenz ist an eurem Dasein beteiligt. Jeden Moment atmet ihr ein und aus, und das hat nichts damit zu tun, dass ihr eine Beziehung zum Dasein aufnehmt – ihr seid das Dasein! Und damit will ich nicht sagen, dass ihr abhängig seid, denn dann wird wieder davon ausgegangen, dass Unabhängigkeit möglich ist: „Falls wir abhängig sind, können wir unabhängig werden" – aber beides ist unmöglich. Alle Dinge befinden sich in einem gegenseitigen Abhängigkeitsverhältnis.

Was meinst du: Sind die Wellen vom Ozean unabhängig oder abhängig? Keins von beiden. Die Wellen sind der Ozean; sie sind weder abhängig noch unabhängig. Der Ozean kann ohne seine Wellen nicht existieren und die Wellen nicht ohne den Ozean. Sie sind ein und dasselbe, eine vollkommene Einheit. Und das gilt für alles Leben.

Wir sind Wellen im kosmischen Ozean des Bewusstseins. Und das bedeutet also, dass Liebe auf drei verschiedenen Bewusstseinsebenen erfahren werden kann.

Die erste ist die Ebene der Abhängigkeit, auf der sich die meisten Leute befinden. Der Mann ist abhängig von seiner Frau, die Frau von ihrem Mann, und dann nutzen sie sich gegenseitig aus, beherrschen einander, ergreifen Besitz voneinander und reduzieren sich zu Gebrauchsgegenständen. Auf dieser Ebene befinden sich neunundneunzig Prozent aller Menschen. Deshalb öffnet die Liebe, die die Pforten zum Paradies öffnen kann, ja auch immer nur die Tore zur Hölle.

Die zweite Möglichkeit besteht in einer Liebe zwischen zwei unabhängigen Individuen. Auch das kommt hin und wieder einmal vor, aber das macht die Partner genauso unglücklich, weil sie sich mit dieser Einstellung in einem ständigen Konflikt befinden. Bei zwei völlig unabhängigen Partnern wird keine Übereinstimmung erzielt, weil keiner von beiden bereit ist, irgendwelche Zugeständnisse zu machen und sich auf den anderen einzustellen. Dichter, Künstler, Denker und Wissenschaftler – Leute, die ein unabhängiges Leben führen, zumindest in ihren Köpfen, sind im Zusammenleben unmöglich. Das sind die Exzentriker, mit denen man es kaum aushalten kann. Sie lassen dem andern zwar seine Freiheit, aber diese Freiheit sieht mehr wie Gleichgültigkeit aus. Es ist eher so, als wäre ihnen egal, was der andere macht, als würden sie sich überhaupt nicht darum kümmern. Sie haben ihre eigene Welt, und so bleibt die Beziehung an der Oberfläche. Im Grunde haben sie Angst, tiefer in den andern einzutauchen, weil ihnen ihre Freiheit mehr bedeutet als die Liebe und sie nicht bereit sind, irgendwelche Kompromisse zu machen.

Die dritte Ebene ist die der wechselseitigen Abhängigkeit – Interdependenz. Auf dieser Ebene befindet sich kaum ein Mensch, aber wenn einer ein solches Bewusstsein hat, dann ist es, als wäre ein Stück Himmel auf die Erde gefallen. Zwei Menschen, die sich weder abhängig noch unabhängig voneinander wähnen, sondern in einer allumfassenden Übereinstimmung existieren und atmen, als lebte eine Seele in zwei Körpern, lieben sich. Und nur das kann man Liebe nennen, die anderen beiden Bewusstseinsebenen haben diesen Namen nicht verdient, denn jede andere Form von Liebe ist ein Abkommen, ein sozialer, psychologischer oder biologischer Kuhhandel, aber keine Liebe. Nur die dritte Ebene ist spirituell.

Dann fragst du weiter: *Ich habe zwei Vögel fliegen sehen, vertraut miteinander und mit dem Wind, so leicht und mühelos in vollkommener Harmonie…*

Ja, da kann man neidisch werden. Aber die Vögel wissen nichts von dieser Harmonie. Sie haben kein Bewusstsein, das diese Harmonie wahrnehmen kann. Für dich sieht der Einklang ihres Flügelschlags wie vollkommene Harmonie aus, aber nicht für die Vögel. Die Seligkeit, die sie in der Luft schwebend empfinden, ist deine Interpretation, nicht ihre. Vergiss das nicht, es ist deine Interpretation. Die Vögel können nichts interpretieren; sie haben noch kein Bewusstsein entwickelt, das die Dinge auslegen kann, das rückblickend und in die Zukunft schauend sagen kann, welche Bedeutung Dinge einnehmen. Sie verhalten sich mechanisch, instinktiv.

Der Mensch ist ein höher entwickeltes Wesen und hat die Fähigkeit, sich der Zusammenhänge bewusst zu werden, und damit fängt der ganze Ärger an. Je höher man aufsteigt, desto gefährlicher wird jeder Schritt, denn wenn man fällt, dann von solchen Höhen, dass man gleich im tiefsten Abgrund verschwindet. Solange man noch keine Höhen erklommen hat, kann man ohne Angst unbewusst dahinvegetieren, aber wenn der Gipfel erreicht werden soll, von dem aus man das Ganze überblicken kann, muss man immer mehr aufpassen, immer bewusster werden.

Der Mensch ist Gott von allen Lebewesen am nächsten. Daher die Gefahr und auch die Verantwortung, die der Mensch trägt, mit prekären Situationen fertig zu werden. Es ist ein Abenteuer, denn du kannst jeden Augenblick abstürzen. Und was ist das für ein Sturz? Du hast die Fähigkeit erworben, bewusst wahrzunehmen, und so stehen dir zwei Möglichkeiten offen: Zum einen kannst du einfach immer bewusster werden, und zum andern kannst du selbstbewusst werden; letzteres ist der Sturz.

Wenn dein Bewusstsein vom Ichgefühl übermannt wird und darin untergeht, bist du gefallen. Nur wenn dein Bewusstsein deinem Ichgefühl nicht gestattet, sich einzumischen, wenn du ohne jedes Selbstgefühl einfach bewusst sein kannst, ein Bewusstsein ohne jeden Mittelpunkt, ohne irgendjemanden, der sagt: „Ich bin bewusst“, steigst du immer höher auf, zu immer höheren Höhen. Dann ist es nur noch ein Schritt, und du bist zu Hause. Und dann weißt du, was Harmonie ist, dann erlebst du den ewigen Einklang aller Dinge – das Schweigen, das nie gebrochen wurde. Von Anbeginn an bis zum Ende aller Tage – und es gibt keinen Anfang und kein Ende – ist und bleibt es immer gleich. Dann erkennst du die unberührte Reinheit der Existenz, die nie getrübt wurde.

Was wissen die Vögel und die Tiere davon? Ich kann dich verstehen, da kann man schon neidisch werden: Zwei Vögel im Flug in einer solchen Harmonie, Vertrautheit und Liebe, und nicht nur untereinander, sondern auch mit dem Wind, der Sonne und dem Regen. Da fragt sich der Mensch: „Warum kann ich nicht so glücklich sein? Warum haben meine Beziehungen keine solche Schönheit? Warum kann ich mich nicht so entspannt vom Wind, von der Sonne und dem Regen tragen lassen?“ Das liegt nicht daran, dass ihr niedrigere Wesen als die Vögel seid, sondern höher entwickelte, und dass viel, viel mehr von euch verlangt wird. Da ihr ein höheres Bewusstsein habt, legt Gott bei euch auch höhere Maßstäbe an. Ja, ein Trunkenbold sieht irgendwie gelöst aus, hat keine Sorgen, keine Angst, und ein Buddha sieht auch sorglos und furchtlos aus – und auch irgendwie volltrunken – aber glaubt nicht, dass sie auf der gleichen Ebene existieren.

Der Trunkenbold ist von der Höhe des menschlichen Bewusstseins gefallen, und der Buddha hat sich über das Selbst erhoben. Es ist menschlich, ein Ichgefühl, ein befangenes Bewusstsein seiner selbst zu haben, und wenn man sich mit Drogen oder Alkohol betäubt, verliert man die Angst, die damit einhergeht, weil man sich dann selbst vergisst. Doch wenn man sich über das Ich, das so genannte Selbst erhebt, vergisst man seine Ängste nicht, sondern transzendiert sie – sie werden überwunden.

Du kannst ein Buddha werden.

Du hast die Fähigkeit, das Potenzial, ein Buddha zu werden. Die Vögel sind vergleichsweise arm dran. Aber der Mensch ist so tief gesunken, dass er selbst die Vögel mit ihrem unentwickelten Bewusstsein beneidet.

Du fragst: *Was für ein Geheimnis steckt dahinter, auf das wir Menschen anscheinend nie kommen?*

Das Geheimnis ist Bewusstheit. Bewusstheit macht frei. Und Freiheit bedeutet nicht nur die Freiheit, das Rechte zu tun, denn wenn das Freiheit wäre, was für eine Freiheit wäre das? Freiheit bedeutet, beide Möglichkeiten zu haben: das Rechte sowohl als das Unrechte zu tun. Freiheit bedeutet die Möglichkeit, sowohl nein als auch ja zu sagen. Das ist ein sehr subtiler Punkt. Nein zu sagen gibt einem eher ein Gefühl der Freiheit als ja zu sagen, und das ist keine Philosophie, sondern eine Tatsache, die ihr ganz leicht an euch selbst beobachten könnt.

Wenn ihr etwas ablehnt, fühlt ihr euch immer bedeutend freier, als wenn ihr ja zu etwas sagt, weil ja zu sagen bedeutet, dass ihr gehorcht habt, euch untergeordnet habt – und wo ist da die Freiheit? Nein bedeutet, störrisch zu sein, sich herauszuhalten, seinen Standpunkt zu behaupten, Widerstand zu leisten. Durch ein Nein definiert man sich in weitaus schärferen Umrissen als durch ein Ja. Ein Ja ist vage, verschwommen, wie eine Wolke. Ein Nein ist hart, solide, handfest wie ein Stein.

Deshalb heißt es in der Psychologie, dass jedes Kind zwischen dem siebten und dem vierzehnten Lebensjahr eine immer stärkere Tendenz entwickelt, nein zu sagen. Mit diesem Nein entwächst es dem psychologischen Mutterleib. Darum sagt es selbst dann nein, wenn es völlig unnötig ist und ihm mit einem Ja eher gedient wäre. Aber seine ganze Persönlichkeit steht auf dem Spiel. Das Kind muss lernen, nein zu sagen. Im Alter von vierzehn Jahren, wenn ein Junge geschlechtsreif geworden ist, sagt er ein letztes und endgültiges Nein zu seiner Mutter. Er verliebt sich in eine andere Frau, und ein größeres Nein kann man nicht sagen. Der Sohn wendet sich von seiner Mutter ab und sagt: „Du bist für mich erledigt, ich habe mir meine eigene Frau gesucht. Ich bin ein unabhängiges Individuum geworden und mache mit meinem Leben, was ich will!"

Falls die Eltern darauf bestehen, dass ihr Sohn kurze Haare trägt, lässt er sie wachsen. Bestehen sie auf langen Haaren, schneidet er sie ab. Hmm? Wartet noch ein Weilchen und ihr werdet sehen: Die Kinder der Hippies werden mit kurzen Haaren herumlaufen, einfach, weil sie lernen müssen, nein zu sagen.

Wenn die Eltern auf Sauberkeit bestehen, laufen die Kinder abgerissen und schmutzig herum und weigern sich, auch nur ein Bad zu nehmen oder Seife zu benutzen. Und dann rationalisieren sie ihr Verhalten mit: „Seife ist schädlich für die Haut und außerdem völlig unnatürlich, denn schließlich benützt kein Tier irgendwelche Seife." Sie finden die wohlklingendsten Vernunftsgründe, aber das sind alles bloß Ausflüchte. In Wirklichkeit geht es ihnen nur darum, nein zu sagen, und dafür braucht man natürlich ein paar Gründe.

Also gibt euch das Nein ein Gefühl der Freiheit – und nicht nur das – auch ein Gefühl der Intelligenz. Jasagen kann jeder, dazu braucht man nicht intelligent zu sein.

Außerdem fragt einen niemand nach den Gründen, die einen bewegen, ja zu sagen. Habt ihr einmal ja gesagt, fragt euch kein Mensch mehr: „Warum?" Es bedarf keiner weiteren Argumente oder Auskünfte, ihr habt euch schon gefügt. Wenn ihr nein sagt, wird unweigerlich „warum" gefragt, und dann müsst ihr eure Gründe erklären. Das schärft die Intelligenz, gibt euch klare Umrisse, einen eigenen Stil, ein Gefühl der Freiheit und Unabhängigkeit.

Beobachtet die Psychologie des Neinsagens einmal bei euch selbst! Den Menschen fällt es deshalb so schwer, auf das Geheimnis der vollkommenen Harmonie zu kommen, weil sie Bewusstsein haben. Bewusstsein ist Freiheit, und Freiheit bedeutet die Möglichkeit, nein zu sagen. Und es fällt jedem leichter, nein zu sagen als ja, aber nur mit einem Ja befindet man sich in Harmonie, denn nur „Ja" bedeutet Einklang. Es braucht seine Zeit, bis man so erwachsen, so reif wird, dass man ja sagen kann, ohne seine Freiheit dabei einzubüßen; dass man ja sagen kann und trotzdem in seiner Einzigartigkeit unangetastet bleibt; dass man ja sagen kann, ohne ein Sklave zu werden.

Die Freiheit, die einem eine ablehnende Haltung bringt, ist eine sehr kindische Variante von Freiheit. Sie entspricht dem Bewusstsein der Sieben- bis Vierzehnjährigen. Aber wenn ein Mensch darin stecken bleibt und sein ganzes Leben eine Neinsagerei ist, dann entwickelt er sich nie weiter.

Das höchste Stadium des inneren Wachstums ist erreicht, wenn ein Erwachsener mit der gleichen Begeisterung ja sagt wie ein Kind nein. Das ist dann die zweite Kindheit. Ein Mensch, der in absoluter Freiheit ja sagen kann, ohne jeden Vorbehalt, ohne jede Bedingung – ein reines, klares, freudvolles Ja – ist zu einem Weisen geworden. So ein Mensch lebt wieder in Harmonie mit dem Dasein, und diese Harmonie ist von einer völlig anderen Dimension als die der Pflanzen und Tiere. Sie leben in Harmonie, weil sie nicht nein sagen können. Ein Weiser lebt in Harmonie, weil er sich bewusst dazu entschlossen hat, nicht nein zu sagen.

Und zwischen den Vögeln und den Buddhas befinden sich die Massen der normalen Menschen: unerwachsen, kindisch, unreif, stecken geblieben in dem Wunsch, nein zu sagen, um ein gewisses Gefühl von Freiheit zu bekommen.

Nun sage ich damit nicht, dass ihr nicht lernen sollt, nein zu sagen. Ich sage, dass ihr es zur rechten Zeit lernen, aber nicht in dieser Phase stecken bleiben sollt.

Erkennt im Laufe der Zeit, dass es noch eine höhere Art von Freiheit und eine tiefere und größere Harmonie gibt, die nur durch ein bedingungsloses Ja entsteht. Einen Frieden, der über alles Begriffsvermögen hinausgeht...

Aus: The Book of Wisdom

DIE SCHÖNHEIT SIMPLER VERBUNDENHEIT

Werden feste Bindungen nur deshalb eingegangen, weil keine Liebe da ist?

JA. LIEBE IST KEINE BINDUNG. LIEBE VERBINDET – ABER ES IST keine Bindung. Eine Bindung ist etwas Abgeschlossenes, ein Hauptwort mit einem Punkt dahinter. Schluss, aus, Ende. Die Flitterwochen sind vorbei, die Begeisterung ist abgeklungen, die Sache ist erledigt. Jetzt kannst du die Beziehung fortsetzen, einfach, weil du dein Versprechen halten willst oder weil es bequem ist, gemütlich, heimelig. Du kannst weitermachen, einfach weil du nicht weißt, was du sonst machen sollst und weil du in alle möglichen Schwierigkeiten kommst, wenn du Schluss machst.

Eine Bindung ist etwas Abgeschlossenes, Fixiertes. Liebe kann niemals eine Bindung sein; Liebe ist ein „Verbindung aufnehmen". Liebe ist ein endlos dahinströmender Fluss, der keinen Schlusspunkt kennt. Liebe bedeutet: ewige Flitterwochen. Es ist keine Geschichte, die irgendwo beginnt und an einem bestimmten Punkt wieder aufhört; es ist ein nie enden wollender Strom.

Die Beziehung zweier Liebender hat ein Ende, aber Liebe als solche hört nie auf! Sie ist eine Kontinuität, ein Tätigkeitswort, kein Hauptwort. Und warum die Schönheit simpler Verbundenheit zu einer festen Beziehung reduzieren?

Warum haben wir es immer so eilig, uns festzulegen? Einfach, weil das eine sicher und das andere unsicher ist. Eine Bindung ist eine Sache, auf die man sich verlassen kann. Verbundenheit hingegen kann zwischen zwei Fremden plötzlich unvermittelt entstehen und morgen schon wieder verschwunden sein. Kein Mensch weiß, was der nächste Tag bringt, und wir haben eine solche Angst vor der Ungewissheit, dass wir alles im Voraus festlegen wollen. Wir wollen die Zukunft unseren Vorstellungen entsprechend einrichten und geben ihr keine Freiheit, sich spontan zu entwickeln. Deshalb verwandeln wir jedes Tätigkeitswort sofort in ein Hauptwort. Kaum hast du dich in eine Frau oder einen Mann verliebt, denkst du auch schon an Heirat, eine legale Beziehung. Warum?

Was hat das Gesetz mit Liebe zu tun? Gesetze nehmen die Stelle der Liebe ein, weil von vornherein keine Liebe zwischen euch war. Deine Liebe ist nur ein Hirngespinst, ein Traum, und du ahnst schon, dass dir diese Illusion bald genommen wird. Bevor das geschehen kann, richtest du dich also häuslich ein und bindest den andern so fest an dich, dass ihr kaum noch auseinander gehen könnt.

In einer besseren Welt, einer Welt, in der die Leute ein wenig meditativer und bewusster sind und die Erleuchtung ein bisschen gleichmäßiger über die ganze Erde verteilt ist, werden die Leute lieben, vorbehaltlos lieben, aber das ist dann ein spontanes „Verbundensein“, das sind keine Bindungen. Und damit sage ich nicht, dass ihre Liebe dann flüchtig und momentan ist. Im Gegenteil, sie wird wahrscheinlich sehr viel tiefer gehen als das, was ihr jetzt Liebe nennt. Sie wird höhere Ebenen der Intimität erreichen, poetischer, göttlicher sein, und die Wahrscheinlichkeit ist groß, dass ihre Liebe länger hält, als eure so genannten Bindungen je halten können. Aber diese Haltbarkeit wird nicht durch Gesetz, Polizei und Gerichtshöfe garantiert, sondern ist eine innere Bereitschaft, sein Herz zu geben – ein schweigendes Einverständnis zweier Herzen. Man genießt das Zusammensein mit jemandem, die wachsende Intimität, und möchte immer tiefer in diese Bereiche eindringen, denn es gibt ein paar Blüten der Liebe, die sich nur nach langjähriger Intimität entfalten. Manche Blumen sind kurzlebig, innerhalb von sechs Wochen sind sie aufgeblüht und auch schon wieder verwelkt, und wenn sie gestorben sind, kommen sie nie mehr wieder. Aber manche gelangen erst nach vielen Jahren zu voller Blüte, und je länger sie brauchen, desto tiefer reichen ihre Wurzeln in die Erde.

Liebe soll eine Hinwendung von Herz zu Herz sein, die noch nicht einmal wörtlich formuliert wird, denn durch Worte wird alles herabgewürdigt. Es soll ein schweigendes Einverständnis zwischen zwei Augenpaaren, zwei Herzen, zwei Seelen sein, so selbstverständlich, dass es nie ausgesprochen werden muss.

Es ist einfach schlimm, mit ansehen zu müssen, wie die Leute zum Standesamt oder zur Kirche rennen, um zu heiraten. Das ist so hässlich, so unmenschlich, und beweist nur, dass sie ihren eigenen Gefühlen nicht trauen. Sie bringen der Polizei mehr Vertrauen entgegen als der Stimme in ihrem eigenen Innern. Sie verlassen sich nicht auf ihre Liebe, sondern auf das Gesetz.

Löse dich von all deinen Bindungen und lerne, wie du dem anderen von Herz zu Herz verbunden sein kannst.

Kaum seid ihr eine feste Bindung eingegangen, nehmt ihr den andern auch schon wie selbstverständlich hin, und das ist es, was sämtliche Liebesbeziehungen kaputtmacht. Die Frau meint, ihren Mann zu kennen, und der Mann bildet sich ein, die Frau zu kennen – und keiner kennt den andern wirklich! Es ist in der Tat unmöglich, den andern bis ins Letzte zu kennen. Der Partner ist und bleibt ein Mysterium. Und es ist lieblos, den andern als selbstverständlich hinzunehmen, es ist respektlos.

Wenn du meinst, deine Frau in- und auswendig zu kennen, bist du sehr, sehr undankbar, denn was weißt du schon? Was weißt du, wer dein Mann ist? Das sind keine Gegenstände, sondern lebende Organismen in einem Prozess ständiger Wandlung. Die Frau, die du gestern erlebt hast, ist heute längst eine andere. Viel Wasser ist den Ganges hinuntergeflossen, und sie ist ein völlig anderer Mensch, zu dem du erneut eine lebendige Verbindung aufnehmen musst. Nimm sie nicht als Teil deines Mobiliars!

Betrachte das Gesicht des Mannes, mit dem du gestern Nacht geschlafen hast, noch einmal: Es ist nicht mehr dasselbe. Alles Mögliche hat sich verändert, unschätzbar viel hat sich verändert. Das ist der Unterschied zwischen einem Gegenstand und einer Person: Deine Wohnungseinrichtung bleibt die gleiche, aber nicht dein Mann oder deine Frau. Du musst sie wieder neu entdecken, noch mal ganz von vorne anfangen. Das meinte ich mit „in Verbindung treten". Es bedeutet, dass man immer am Anfang steht und sich jeden Moment neu bekannt macht. Man bemüht sich immer neu, die ungezählten Facetten der Persönlichkeit des andern kennenzulernen und tiefer und tiefer in das Labyrinth seines inneren Wesens einzudringen. Man versucht, einem Rätsel auf die Spur zu kommen, das nicht gelöst werden kann.

Darin liegt das ganze Vergnügen bei der Liebe: in der Entdeckungsreise durch die Welten des Bewusstseins. Und wenn du dich spontan auf die wechselnde Realität des andern beziehst, ohne die Bindung als festgelegt hinzunehmen, wird der andere allmählich immer mehr zum Spiegel für dich. Bei der Entdeckung des andern entdeckst du dich unvermutet selbst.

Durch das Erfahren der Wesenstiefe des andern, durch das Kennenlernen seiner Gefühle, Gedanken und tieferen Beweggründe, lernst du deine eigene Wesenstiefe kennen. Zwei Liebende werden zu Spiegeln füreinander, und damit wird ihre Liebe zur Meditation. Verbundenheit ist wunderschön, Bindungen sind etwas sehr Hässliches, denn dabei werden die Partner blind für die Schönheit des andern.

Denk mal einen Moment darüber nach, wie lange du deiner Frau schon nicht mehr tief in die Augen geschaut hast … Wie lange ist es her, dass du deinen Mann wirklich erkannt hast? Wahrscheinlich Jahre! Wer schaut schon die eigene Frau an? Ihr nehmt einander als selbstverständliche Gegebenheiten hin und fragt euch, was es da sonst noch zu sehen geben soll. Ihr zeigt weitaus mehr Interesse an irgendwelchen Fremden als an den Leuten, die ihr „liebt“, deren Körper ihr schon ausgekundschaftet habt, deren Reaktionen ihr in- und auswendig kennt. Ihr wisst schon, dass sie sich morgen wieder genauso verhalten werden wie gestern. Alles ist eine einzige Wiederholung. Aber das ist es nicht, wirklich nicht! Nichts kann sich jemals wiederholen; alles ist jeden Moment neu, nur eure Augen werden alt.

Der Spiegel eures Bewusstseins wird von einer Staubschicht eingefleischter Vorstellungen bedeckt und unfähig, den andern zu reflektieren.

Deshalb sage ich ja: „Nehmt die Verbindung auf", und damit meine ich: Bleibt unaufhörlich in den Flitterwochen. Sucht einander immer wieder neu zu entdecken, neue Wege der Liebe zu beschreiten, neue Wege des Zusammenseins zu entwickeln.

Jeder Mensch ist ein so unendliches, unerschöpfliches, unergründliches Mysterium, dass ihr nie sagen könnt; „Den kenne ich schon" oder: „Die kenne ich schon". Bestenfalls könnt ihr sagen, dass ihr es versucht habt, so gut es ging, aber das Geheimnis bleibt gewahrt.

Es ist nämlich so, dass der andere immer mysteriöser wird, je besser ihr ihn kennt – und dann ist die Liebe ein nie enden wollendes Abenteuer.

Aus: The Book of Wisdom

JEDER SCHEINT VOR JEDEM ANGST ZU HABEN

Warum habe ich Angst vor Frauen?

DAS IST NICHT NUR DEINE FRAGE. SIE IST SOZUSAGEN UNIversell. Alle Männer haben Angst vor Frauen und alle Frauen haben Angst vor Männern, weil alle Angst vor der Liebe haben. Wir haben Angst vor der Liebe, weil die Liebe ein kleiner Tod ist. Liebe erfordert, dass wir uns ausliefern, und das wollen wir ganz und gar nicht. Wir möchten gern, dass der andere sich ausliefert. Wir möchten den andern gern zum Sklaven, und natürlich will die Frau das umgekehrt auch. Die Wünsche gleichen sich aufs Haar. Die Methoden, den andern zu unterwerfen, mögen bei Mann und Frau verschieden sein, aber die Absicht ist die gleiche.

Die Methoden des Mannes sind roh. Die der Frau sind subtiler. Wenn der Mann die Freiheit der Frau zerstören will, schlägt er sie vielleicht. Wenn die Frau die Freiheit des Mannes zerstören will, schlägt sie sich womöglich selbst, und das ist bei weitem wirkungsvoller – vergesst das nicht! Sie wird zetern und sich die Haare raufen; das ist weitaus klüger. Das lässt dem Mann absolut keine Verteidigungsmöglichkeit.

Wenn du jemanden schlägst, kann der andere zurückschlagen, kann er reagieren. Aber wenn du dich selbst schlägst, kann der andere nichts machen; er ist einfach wehrlos; er muss sich geschlagen geben.

Die Männer glauben also nur, die Herren im Hause zu sein. Die Frauen wissen es besser – aber das sagen sie nie laut. Und sie brauchen ihre heimliche Herrschaft auch gar nicht öffentlich zu erklären, denn sie ist ihnen sowieso absolut sicher. Der Mann erklärt sich zum Herrn, weil er sich nicht sicher ist, weil er es nicht so genau weiß. Und die Frau stimmt ihm zu: „Ja, du bist der Herr im Haus." Sie kann es sich leisten. Schließlich weiß sie es besser.

Es dürfte schwer sein, einen Ehemann zu finden, der nicht unterm Pantoffel steht. Um es genau zu sagen, Ehemann und Pantoffelheld sind Synonyme. Denn mir ist noch kein einziger Ehemann begegnet, der nicht unterm Pantoffel steht. Das Attribut „unterm Pantoffel" erübrigt sich also; „Ehemann" genügt vollauf. Die Schliche des weiblichen Verstandes sind so fein, dass die ungeschliffenen Methoden des Mannes nie zum Erfolg führen können. So stehen die Dinge! Der Mann versucht auf seine Weise, die Frau irgendwie zu beherrschen. Die Frau hat Angst, weil der Mann körperliche Gewalt anwenden kann. Der Mann hat Angst, weil ihm die Frau mit ihrer psychologischen List und Macht weit überlegen ist. Du fragst mich: Warum habe ich Angst vor Frauen?

Du hast Angst vor der Liebe. Du hast Angst, dein Ego zu verlieren. Und du stellst die Frage falsch. Mach dir immer wieder klar, dass es der Verstand vorzieht, falsche Fragen zu stellen. Eine kleine Verdrehung, ein kleiner Knick in der Linse, und die Frage wird schief.

Du fragst zum Beispiel: *Warum habe ich Angst vor Frauen?* Die Frage klingt vollkommen in Ordnung. Aber das stimmt nicht. Du hättest fragen sollen: „Warum habe ich Angst vor der Liebe?" – dann wäre es richtig gewesen. Es ist eine falsch gestellte Frage. Aber wir stellen lieber eine Frage falsch und halten sie dann für richtig.

Bevor ihr euch entschließt eine Frage zu stellen, meditiert erst. Schaut sie euch von allen Blickwinkeln aus an. Überschlaft sie erst noch einmal für ein paar Tage, damit sich ihr wahrer Kern immer deutlicher herausschält; denn wenn ihr keine echte Frage stellt, wird euch meine Antwort nicht viel helfen. Seid gradlinig! Nehmt kein Blatt vor den Mund. Und überstürzt euch nicht mit dem Fragen. Meditiert über die Frage von allen Seiten. Versucht erst, eure eigene Antwort zu finden. Macht erst eure Hausaufgaben. Und dann werdet ihr in der Lage sein, die richtige Frage zu stellen.

Genau genommen ist die richtige Frage schon die halbe Antwort. Was du wirklich wissen willst ist, warum du Angst vor der Liebe hast. Aber du hast vielleicht nicht den Mut dazu, denn wer will schon zugeben, dass er Angst vor der Liebe hat? Es ist zu peinlich, das auch nur auszusprechen. Also stellen wir Scheinfragen. Wir stellen nie die Frage, über die wir eigentlich nachdenken sollten. Wir fragen Dinge aus der unmittelbaren Nachbarschaft, aber nicht die Frage selbst.

Und dies ist nicht das erste Mal, dass mir solche Fragen zugeschickt werden. Fast jeden Tag fragt eine Frau: „Warum habe ich Angst vor Männern?", und ein Mann: „Warum habe ich Angst vor Frauen?" Jeder scheint vor jedem Angst zu haben! Macht doch die Augen auf: Was kann dir die arme Frau schon antun? Was kann der arme Mann dir schon antun? Wir sitzen alle im gleichen Boot. Wir haben Angst, das stimmt. Aber wir haben in Wirklichkeit nicht vor einander Angst. Habt keine Angst vor den Frauen! Sie haben Angst vor euch und ihr habt Angst vor ihnen; ihr macht euch nur unnötig Schwierigkeiten, viel Lärm um nichts. Und beide geht ihr am Wesentlichen vorbei. Das Wesentliche ist eure Angst vor der Liebe. Liebe macht Angst, sie erschreckt euch, weil die Liebe etwas fordert, was keiner zahlen will. Die Liebe fordert von dir dein Ego fallen zu lassen. Das ist der Preis, den sie verlangt. Und solange du diesen Preis nicht zahlen willst, kannst du keine Liebe bekommen. Und unser ganzes Leben strampeln wir uns ab, Liebe zu bekommen, ohne den Preis zu zahlen. Der Erfolg ist Angst, Eifersucht, Besitzansprüche und alles Mögliche, nur keine Liebe. Wir hoffen wider alle Hoffnung, dass es irgendwie doch möglich ist, unser Ego zu retten und trotzdem zu lieben. Ein Ding der Unmöglichkeit! Es ist gegen die Natur der Sache.

Das Erste, worüber du dir also klar werden musst, wenn du in Liebe leben willst, ist: „Bin ich bereit, das Ego fallen zu lassen?" Und vergiss nicht, du unterwirfst dich nicht der Frau, noch unterwirft die Frau sich dir. Das ist also auch ein Trugschluss. Eine sehr irrige Weltanschauung hat euch diese Vorstellung eingeflößt. Beide gebt ihr euch einem unbekannten Gott der Liebe hin. Beide unterwerft ihr euch einem unsichtbaren Etwas. Ihr gebt euch nicht gegenseitig hin, absolut nicht. Das ist eine verkehrte Auffassung. Genau diese Auffassung macht es so schwer, sich hinzugeben.

Er denkt: „Wieso soll ich mich hingeben? Das würde nur ihr Ego stärken." Und sie denkt genauso: „Warum sollte ich mich ihm ausliefern. Sein Ego wird dadurch nur aufgeblasen. Wer ist er schon? Warum sollte ich mich ihm hingeben?"

Hört, was ich sage: Diejenigen, die ein bisschen tiefer in diese Sache eingedrungen sind, können euch etwas anderes sagen. Ich habe beobachtet, dass Liebende sich nicht einander hingeben, sie geben sich etwas Unbekanntem hin, das zwischen ihnen existiert. Sie geben sich der Liebe hin; meinetwegen nennt es den „Gott der Liebe" – sie geben sich beide dem Gott der Liebe hin. Und so wird keinem von beiden das Ego gestärkt, wenn sie sich hingeben. Ihrer beider Ego verschwindet – in der Liebe.

Wenn du dich von dieser Einsicht tragen lässt, verschwindet alle Angst vor den Frauen. Es gibt keinen Anlass zur Angst. Dir gegenüber zittert ein Herz genauso stark wie deins, mit den gleichen Ängsten. Habt keine Angst, sondern Mitgefühl. Ihr sollt euch lieber gegenseitig helfen, statt euch Angst einzujagen – ihr sitzt nämlich im selben Boot.

Und vergesst nicht: Das Opfer wird auf dem Altar der Liebe dargebracht, und nicht etwa dem Mann oder der Frau. Jahrhundertelang ist euch gepredigt worden, dass Mann und Frau sich füreinander opfern sollen. Das ist reiner Unsinn. Das muss aus dem Munde von Leuten kommen, die nicht wissen, was Liebe ist. Liebende geben sich nie einander hin.

Liebende geben sich einfach nur der Liebe hin. Ja, Liebende verlieren dabei ihr Ego, aber sie geben es sich nicht gegenseitig. Ihr Ego löst sich einfach in Luft auf. Liebende werden nicht abhängig voneinander, versklaven sich nicht gegenseitig. Im Gegenteil: Liebe schenkt Freiheit. Liebende sind die freiesten Menschen der Welt. Sie geben sich gegenseitig immer größere Freiheit, weil Freiheit Freude bringt. Und ein Zusammenkommen in Freiheit hat eine große Schönheit. Wenn zwei Liebende zusammenkommen, nicht in Hörigkeit, sondern in Freiheit, dann wächst aus der Freiheit göttlicher Segen.

Aus: The Guest

HIMMEL UND HÖLLE

Das Drama meines Liebeslebens lässt sich im Augenblick mit einem alten Spruch von Humphrey Bogart wiedergeben: „Frauen, mit ihnen zu leben ist die Hölle – und ohne sie auch."

MAN MUSS DURCH DIESE HÖLLE DURCH. MAN MUSS SOWOHL die Hölle durchmachen, mit einer Frau zusammenzuleben, als auch die Hölle, ohne Frau zu leben. Und das gilt nicht nur für Frauen. Mit Männern ist es genauso. Sei also kein selbstherrlicher Mann. Es geht in beide Richtungen. Es ist ein zweischneidiges Schwert. Die Frauen haben es satt, mit den Männern zu leben, und sind dann aber frustriert, wenn sie allein leben müssen. Das ist eine der ältesten Zwickmühlen der Menschheit. Das musst du genau verstehen: Du kannst nicht ohne Frau leben, weil du es mit dir selbst nicht aushalten kannst. Du bist nicht meditativ genug.

Meditation ist die Kunst, mit sich allein sein zu können. Es ist nichts anderes als das, einfach nur das: die Kunst, froh und vergnügt mit sich allein zu sein. Einer, der meditiert, kann mit Freuden monatelang allein dasitzen – jahrelang. Er hat keine Sehnsucht nach „dem andern", denn seine Ekstase ist unendlich. Sie überwältigt ihn völlig; warum sich um den andern Gedanken machen? Wenn der andere in sein Leben kommt, dann ist das keine Bedürfnisbefriedigung, sondern

Luxus. Und ich bin sehr für Luxus. Luxus heißt: Du kannst genießen ohne ihn und kannst genießen mit ihm. Ein Bedürfnis ist eine komplizierte Sache. Zum Beispiel ist das tägliche Brot ein Bedürfnis, aber die Blumen im Garten sind Luxus. Du kannst ohne die Blumen leben – davon stirbst du nicht, aber ohne das tägliche Brot kannst du nicht leben.

Für den Menschen, der nicht mit sich selber leben kann, ist der andere ein Bedürfnis, ein unerlässliches Bedürfnis. Wenn er allein ist, langweilt er sich, und zwar so, dass er sich mit jemand anderem beschäftigen muss. Und weil es ein Bedürfnis ist, wird es zur Abhängigkeit; du bist vom andern abhängig. Und weil es Abhängigkeit ist, rebellierst du, hasst du, wehrst du dich – es ist Sklaverei. Abhängigkeit ist eine Form von Sklaverei, und wer will schon Sklave sein?

Du lernst eine Frau kennen – du bist nicht fähig, allein zu leben. Die Frau kann ebensowenig allein leben. Darum lernt sie dich kennen. Sonst wäre das nicht nötig. Beide seid ihr von euch selbst gelangweilt und beide hofft ihr, durch den andern die Langeweile loszuwerden. Und am Anfang sieht es auch ganz danach aus, aber auch nur am Anfang.

Wenn ihr euch miteinander etabliert habt, werdet ihr bald sehen, dass die Langeweile nicht verschwunden ist – sie hat sich nicht nur verdoppelt, sondern vervielfacht. Erst hattet ihr euch selbst satt. Jetzt habt ihr auch den andern satt, denn je näher du dem andern kommst, je besser du ihn kennen lernst, desto mehr wird er ein Teil von dir. Darum könnt ihr auch sicher sein, dass ein Paar mit gelangweilten Gesichtern verheiratet ist. Ein Paar, das nicht gelangweilt aussieht, ist garantiert nicht verheiratet. Der Mann geht bestimmt mit der Frau eines andern aus – darum die vergnügten Gesichter.

Solange ihr verliebt seid – solange du die Frau noch nicht dazu überredet hast, solange die Frau dich noch nicht dazu überredet hat, auf immer und ewig zusammenzubleiben –, macht ihr euch die große Freude vor. Und ein bisschen stimmt daran auch, nämlich aufgrund der Hoffnung: „Wer weiß? Vielleicht komm ich aus meiner Langeweile raus, aus meiner Bedrücktheit, aus meiner Angst, aus meinem Alleinsein. Vielleicht hilft diese Frau mir ja." Und die Frau hofft auch. Aber sobald ihr zusammen seid, verschwinden die Hoffnungen, und die Verzweiflung setzt von neuem ein. Jetzt langweilt ihr euch gemeinsam, und das Problem hat sich vervielfacht. Aber wie wirst du jetzt die Frau wieder los?

Weil ihr nicht meditativ seid, habt ihr andere nötig, um euch beschäftigt zu halten. Und weil ihr nicht meditativ seid, seid ihr auch nicht fähig, andere zu lieben, denn Liebe ist überfließende Freude. Du langweilst dich, aber mit dir selbst: Was hast du also dem andern zu geben? Und so wird das Zusammenleben zur Hölle. In diesem Sinn hat Jean-Paul Sartre Recht, dass „der andere die Hölle" ist. Der andere ist in Wirklichkeit nicht die Hölle. Es scheint nur so. Die Hölle liegt in dir selbst, in deiner Nicht-Meditation, in deiner Unfähigkeit, allein und dabei ekstatisch zu sein. Du bist unfähig zum Alleinsein und unfähig zur Ekstase. Und so seid ihr euch gegenseitig an der Kehle, immer auf der Lauer, dem andern ein Stückchen Glück zu entreißen. Beide tut ihr das Gleiche, beide seid ihr Bettler.

Ich habe gehört: Ein Psychoanalytiker trifft auf der Straße einen anderen Analytiker. Der eine sagt zum andern: „Dir geht's ja gut. Und wie geht's mir?"

Keiner weiß, wie's ihm geht. Niemand kennt sich. Wir

sehen nur die Gesichter der anderen. Eine Frau sieht schön aus. Ein Mann sieht gut aus. Er lächelt. Nichts als Lächeln. Wir wissen nichts von dem Schmerz dahinter. Vielleicht ist dies ganze Lächeln nichts als eine Fassade, mit der er andere und sich selbst täuscht. Vielleicht verbergen sich hinter diesem Lächeln Tränen des Unglücks. Vielleicht hat er Angst, dass er aufhört zu lächeln.

Wenn du den andern siehst, so erkennst du nur die Oberfläche; du verliebst dich nur in die Oberfläche. Aber wenn du näher kommst, merkst du schnell, dass die Tiefen des andern so dunkel sind wie deine eigenen. Er ist ein Bettler wie du. Also – zwei Bettler die sich gegenseitig anbetteln. Kein Wunder, dass das die Hölle ist.

Ja, es stimmt: *Frauen, mit ihnen zu leben ist die Hölle – und ohne sie auch.* Das hat aber absolut nichts mit den Frauen zu tun, und auch nichts mit den Männern. Das hat etwas mit Meditation und Liebe zu tun. Meditation ist die Quelle, aus der die Freude in dir hochsprudelt bis zum Überfließen. Nur wenn du so viel Freude hast, dass du geben kannst, wird dich deine Liebe befriedigen. Solange du nicht genug Freude hast, um zu geben, wird dich deine Liebe erschöpfen, ermüden, langweilen.

Jedes Mal, wenn du also mit einer Frau zusammen bist, fühlst du dich gelangweilt und willst sie loswerden. Und jedes Mal, wenn du allein mit dir bist, langweilst du dich mir dir selbst und willst dein Alleinsein loswerden und suchst verzweifelt nach einer Frau. Das ist dein Teufelskreis. Und du kannst wie ein Pendel zwischen diesen Zuständen hin und her schwanken, dein ganzes Leben lang. Sieh hin, wo das Problem wirklich liegt. Das wirkliche Problem hat nichts mit Mann oder Frau zu tun. Das wirkliche Problem hat etwas mit Meditation zu tun und dem Aufblühen der Meditation als Liebe, als Seligkeit.

Zuerst meditiere, zuerst werde glücklich, und dann kommt die Liebe in Hülle und Fülle von ganz allein. Dann ist es schön, mit andern zusammen zu sein, und ebenso schön, allein zu sein. Dann ist es auch einfach. Du hängst nicht von andern ab und machst andere auch nicht abhängig von dir. Dann ist es immer nur Freundschaft, Freundlichkeit. Dann wird nie eine Bindung daraus, sondern es ist immer Verbundenheit. Du fühlst dich verbunden, aber du gehst keine Ehe ein. Furcht zeugt die Ehe, Liebe zeugt Verbundenheit. Du fühlst dich mit jemandem verbunden: Solange die Dinge zwischen euch fließen, teilt ihr einander. Und wenn ihr seht, dass der Augenblick des Abschieds da ist, dass sich eure Wege an dieser Kreuzung trennen, sagt ihr einander Lebewohl, das Herz voller Dankbarkeit für alles, was der andere dir bedeutet hat, für all die Freuden und die Genüsse und all die schönen Augenblicke, die du mit dem andern geteilt hast – ohne Leid, ohne Schmerz. Ihr geht einfach auseinander.

Niemand kann garantieren, dass zwei Menschen immer glücklich miteinander bleiben, denn Menschen verändern sich. Wenn du eine Frau kennen lernst, ist sie ein ganz bestimmter Mensch, genau wie du jetzt ein ganz bestimmter Mensch bist. Nach zehn Jahren bist du ein anderer Mensch und sie ist ein anderer Mensch. Es ist wie mit einem Fluss: Das Wasser fließt ununterbrochen weiter.

Die beiden Menschen, die sich verliebt hatten, sind nicht mehr da. Jetzt kannst du dich an ein Versprechen klammern, das ein anderer gegeben hat – aber nicht du.

Ein Mensch mit wirklicher Einsicht macht keine Versprechungen für morgen. Er kann nur sagen: „Für den Augenblick". Ein wirklich aufrichtiger Mensch kann überhaupt nichts versprechen. Wie soll er etwas versprechen können? Wer weiß, was morgen ist? Morgen mag kommen oder auch nicht. Morgen mag kommen, und ich bin nicht mehr derselbe, du bist nicht mehr derselbe. Morgen mag kommen, und du findest jemanden, mit dem du tiefer zusammenpasst als mit mir; ich kann jemanden treffen, mit dem ich besser harmoniere.

Die Welt ist riesengroß. Warum sie heute erschöpfen? Lass dir Türen offen. Lass dir Alternativen offen. Lerne zu schweigen, friedlich und still zu sein. Lerne das Nicht-Denken. Damit muss es beginnen. Bevor das nicht geschieht, kann nichts geschehen, und alles wird leichter danach.

Wenn du dich völlig glücklich und selig fühlst, dann kann selbst der Dritte Weltkrieg kommen, die ganze Welt verschwindet, und du bleibst allein zurück – es wird dich nicht berühren. Du sitzt nach wie vor unter deinem Baum und machst Vipassana. An dem Tag, an dem dieser Moment in dein Leben tritt, kannst du deine Freude mit andern teilen. Jetzt bist du fähig, Liebe zu geben. Vorher ist nur Elend möglich: Hoffnungen und Frustrationen, Wünsche und Enttäuschungen, Träume, die zu Staub zerfallen in deiner Hand und in deinem Mund.

Wach auf! Verlier keine Zeit! Je früher du dich auf den Nicht-Geist einstimmst, desto besser ist es. Dann können viele Dinge in dir erblühen: Liebe, schöpferische Kraft, Spontaneität, Freude, Andacht, Dankbarkeit, Gott.

Aus: The White Lotus

HEIRATE WENN DU WEISE GEWORDEN BIST

Ich möchte heiraten. Bitte gib mir deinen Segen.

BIST DU VERRÜCKT GEWORDEN, ODER WAS? ES GENÜGT, WENN du liebst; heiraten tut nicht das Geringste dazu. Im Gegenteil: Warum hast du es so eilig, mit einer schönen Erfahrung Schluss zu machen? Warte ab! Wenn du merkst, dass es aus ist mit der Liebe, dann kannst du heiraten.

Ein Pastor erhielt von einem Bräutigam, den er verheiratet hatte, einen Brief: „Lieber Herr Pastor, ich möchte mich bei Ihnen bedanken für die schöne Art und Weise, wie Sie einen Punkt hinter mein Glück gesetzt haben."

Und du bist noch so jung! Erst zweiundzwanzig. Man darf erst heiraten, wenn man weise geworden ist. Heiraten ist nichts für junge Leute. Junge Leute müssen sich austoben. Das Heiraten ist für die da, die das Leben gründlich kennen gelernt haben, in allen Spielarten, allen Farbnuancen, und die soweit sind, sich niederzulassen.

Ich meine, dass niemand unter zweiundvierzig heiraten sollte. Wenn du deinen ersten Herzinfarkt hinter dir hast, dann heirate. Vorher ist es zu früh und unvernünftig. Aber vielleicht ist dir die Frage gerade deshalb gekommen, weil du erst zweiundzwanzig und unvernünftig bist.

Der fünfjährige Stefan: „Bist du Jungfrau?"
Die vierjährige Susanne: „Nein, noch nicht!"

Alles braucht seine Zeit. Du bist zu jung, wart ein bisschen. Wenn du müde bist, wenn du das Abenteuer satt hast, wenn dir deine Freiheit über ist, wenn du es leid bist, dem Leben gegenüber offen zu sein mit seinen tausend Möglichkeiten, dann kannst du zu einem Standesbeamten gehen und dich verheiraten. Aber warum jetzt?

Ein Student in den Highlands auf der Suche nach Sommerarbeit: „Haben Sie irgend 'nen komischen Job für mich?"
Farmer: „Kannst ja mal versuchen, den Bullen zu melken."

So was wäre viel besser für dich. Du scheinst auf der Suche nach einem komischen Job zu sein. Wie kommst du sonst auf den Gedanken? Liebe, und so tief wie möglich! Und wenn die Liebe selbst zur Ehe wird, dann ist das etwas anderes, etwas absolut anderes. Wenn die Liebe selbst zur Intimität wird, die unzerbrechlich ist, dann ist das etwas anderes. Dann ist es keine legale Sanktion.

Legale Sanktionen sind nötig, wenn ihr Angst habt. Ihr wisst, dass eure Liebe nicht groß genug ist; ihr wollt sie mit dem Gesetzbuch stützen. Ihr wisst ganz genau, dass euch der Mann, die Frau weglaufen kann. Darum braucht ihr das Auge des Gesetzes über euch. Wie abstoßend: Einen Polizisten nötig zu haben, damit man zusammen bleibt. Genau das ist die Ehe.

Ich kann deine Liebe segnen, aber nicht deine Heirat. Wenn die Liebe selbst euch verheiratet, dann hast du meinen ganzen Segen dazu. Sonst aber warte ab, es eilt nicht. Besser abwarten, als es später bereuen.

Aus: The Book of Wisdom

JEDE LIEBESBEZIEHUNG IST EIN WEGWEISER

> Was ist dieses Verlangen in mir, das durch keine Liebesbeziehung zu befriedigen ist, durch keine Tränen leichter wird und trotz noch so vieler und schöner Träume und Abenteuer unverändert bleibt?

ES IST NUN EINMAL SO, NICHT NUR FÜR DICH, SONDERN FÜR jeden, der ein wenig intelligent ist. Dumme Menschen stoßen nicht darauf, aber ein intelligenter Mensch muss früher oder später darüber stolpern, dass es so ist, und je intelligenter du bist, desto früher siehst du ein, dass keine Beziehung dich je befriedigen kann.

Warum? Weil jede Beziehung nur ein Pfeil ist, der auf die letzte und höchste Liebesbeziehung zufliegt. Jede Liebesbeziehung ist ein Meilenstein, kein Endpunkt. Jede Liebesbeziehung ist nur ein Wegweiser auf eine größere Liebe, die vor dir liegt. Sie ist nur ein kleiner Vorgeschmack, aber dieser Vorgeschmack stillt nicht deinen Durst, sättigt nicht deinen Hunger. Vielmehr macht er dich noch durstiger und reizt deinen Hunger erst recht.

Das geschieht in jeder Liebesbeziehung. Statt dich zu befriedigen, weckt sie ungeheure Unzufriedenheit in dir. Jede Beziehung in dieser Welt geht schief. Und das ist auch gut so. Es wäre ein Fluch, wenn es anders wäre. Es ist ein Segen, dass sie alle versagen.

Denn weil jede Beziehung schiefgeht, macht ihr euch auf die letzte Suche nach der Liebe zu Gott, zur Schöpfung, zum Kosmos. Immer von neuem musst du die Sinnlosigkeit erkennen, dass deine Sehnsucht durch keinen Mann, durch keine Frau erfüllt werden kann, dass jedes Abenteuer mit einer ungeheuren Enttäuschung endet, dass es jedes Mal mit großer Hoffnung beginnt und in großer Hoffnungslosigkeit aufhört. Und zwar jedes Mal. Es fängt romantisch an und endet mit einem bitteren Nachgeschmack.

Wenn es immer wieder so kommt, muss man seine Lehre daraus ziehen: dass nämlich jede Liebesbeziehung nur ein Experiment ist, das dich für die letzte Liebe vorbereitet, für die allerletzte Liebesbeziehung. Und das ist die Religion.

Du fragst: *Was ist dies Verlangen in mir, das durch keine Beziehung zu befriedigen ist...?*

Es ist das Verlangen nach Gott, ob du es weißt oder nicht. Du magst noch nicht fähig sein, genau auszudrücken, was es ist, denn anfangs ist es sehr undeutlich, neblig, in dichte Wolken eingehüllt. Aber es ist das Verlangen nach Gott, das Verlangen, eins zu werden mit dem Ganzen, so, dass es keine Trennung mehr geben kann. Du kannst dich mit einem Mann oder mit einer Frau nicht auf immer vereinigen; die Trennung kommt sicher. Die Verschmelzung kann nur momentan sein, und wenn dieser Augenblick vorbei ist, fällst du in tiefe Dunkelheit zurück. Wenn dies Aufleuchten – dieser Blitz – vorbei ist, ist die Dunkelheit noch tiefer als zuvor. Deshalb ziehen es Millionen von Menschen vor, sich gar nicht erst auf die Liebe einzulassen, denn so kann man sich wenigstens an seine eigene Dunkelheit gewöhnen.

Man kennt nichts anderes. Das verleiht eine gewisse

Zufriedenheit: Man weiß, dass das Leben nun mal so ist, dass es nicht mehr zu bieten hat, und erspart sich damit die Unzufriedenheit. Hast du aber erst einmal von der Liebe gekostet, hast du auch nur einige wenige Augenblicke reiner Freude erlebt, jenes ungeheure Pulsieren, in das zwei Menschen sich auflösen...

Aber ihr fallt immer wieder von diesem Gipfel herunter, und nach jedem Fall schlägt die Dunkelheit umso schwärzer über euch zusammen. Denn jetzt weißt du, was Licht ist. Jetzt weißt du, dass es Gipfel gibt, jetzt weißt du, dass das Leben viel mehr zu bieten hat, dass dieses gewöhnliche Einerlei – der tägliche Gang ins Büro und zurück, und dann Essen und Schlafen –, dass dies gewöhnliche Leben nicht alles ist, dass dies weltliche Einerlei nur der Vorhof des Palastes ist. Aber wenn du von gar keinem Palast weißt, wenn du nie nach innen geladen worden bist und immer nur im Vorhof gelebt hast, dann ist das für dich natürlich das ganze Leben, dann ist das dein Zuhause. Sobald ein Fenster aufgeht und du einen Blick in den Palast werfen kannst, in seine Schönheit, seine Großartigkeit, seinen Glanz, auch wenn du nur einmal für einen kurzen Augenblick hineingebeten und dann wieder hinausgeworfen worden bist, dann kann der Vorhof dich nie wieder zufrieden stellen. Von jetzt an ist dieser Vorhof eine Riesenlast auf deinem Herzen. Jetzt wirst du leiden, und dein Leiden ist groß.

Ich habe beobachtet: Menschen, die ausgesprochen unkreativ sind, sind eher zufrieden als schöpferische Menschen. Der schöpferische Mensch ist sehr leicht unzufrieden, denn er weiß: Sehr viel mehr ist möglich, aber es passiert nicht – warum nicht?! Der kreative Mensch sucht ständig, er ist unermüdlich, denn er hatte ein paar kurze, glänzende Lichtblicke. Ab und zu hat sich ihm ein Fenster geöffnet und er hat hinübergesehen. Wie könnte er jetzt ruhen? Wie könnte er es sich jetzt bequem und gemütlich machen in dieser langweiligen Vorhalle? Er hat von dem Palast erfahren, er hat sogar den König gesehen, und er weiß, „dieser Palast gehört mir – in ihm bin ich geboren."

Du brauchst jetzt nur noch zu entdecken, wie du in den Palast hineinkommst, wie du dich dort niederlassen kannst. Zwar warst du schon für einige Augenblicke im Innern, aber du bist immer von neuem hinausgeworfen worden.

Je empfindsamer ein Mensch ist, desto mehr Unzufriedenheit ist in ihm. Je intelligenter er ist, desto unzufriedener wird er dort draußen sein. So ist es seit eh und je gewesen.

Ihr kommt vom Westen in den Osten, ihr seht den Bettler auf der Straße, ihr seht den Handlanger, der Schalen voll Schlamm auf dem Kopf schleppt, und ihr wundert euch sehr, dass in ihren Gesichtern keine Unzufriedenheit ist. Sie haben keinen Grund, zufrieden zu sein, aber irgendwie sind sie es. Und die so genannten religiösen Menschen in Indien glauben, dass sie diese Zufriedenheit ihrer Religion zu verdanken haben. Die so genannten indischen Heiligen werfen sich in die Brust und sagen: „Seht her: im Westen aller erdenklicher Komfort, und trotzdem ist kein Mensch dort zufrieden. Und in unserem Land sind die Menschen so religiös, dass sie zufrieden sind, obwohl sie nichts haben."

Die Heiligen in diesem Land nehmen gern den Mund voll, aber ihr ganzes Geprahle beruht auf einem Trugschluss. Die Menschen in diesem Land, die armen, ungebildeten, verhungernden Menschen sind nicht zufrieden, weil sie religiös sind. Sie sind zufrieden, weil sie unempfindlich sind. Sie sind zufrieden, weil sie nicht kreativ sind; sie sind zufrieden, weil sie nie einen Lichtblick erfahren haben.

Der Westen wird unzufrieden, weil die Menschen dort durch den Wohlstand, durch den Komfort und durch alles, was die Wissenschaft möglich gemacht hat, Zeit haben zu forschen, zu meditieren, sich zu versenken, zu musizieren und zu tanzen, sodass immer mehr Lichtblicke möglich werden. Sie entdecken, dass das Leben sehr viel mehr zu bieten hat, als es auf den ersten Blick schien, dass man in die Tiefe tauchen muss.

Der Osten ist einfach arm. Und Armut stumpft ab, vergesst das nicht. Ein armer Mensch muss stumpf sein, sonst kann er gar nicht überleben. Wäre er sehr empfindlich, würde ihm die Armut unerträglich. Er muss den Kopf in den Sand stecken, nur so kann er in einem armen Land leben. Wenn er das nicht täte, würde er überall Bettler und Kranke sehen, die auf der Straße sterben; wenn er nicht abgestumpft wäre, wie könnte er dann überhaupt noch arbeiten? Die Bettler würden ihn im Schlaf verfolgen. Er muss die Tür zumachen. Ihr könnt es auf den indischen Straßen selbst beobachten. Der Besucher aus dem Westen ist zuerst einmal sehr verwirrt. Jemand stirbt auf der Straße, aber kein Inder nimmt Notiz davon, die Menschen gehen seelenruhig vorbei. Das passiert jeden Tag. Wenn sie davon Notiz nehmen würden, könnten sie überhaupt nicht leben; sie haben keine Zeit für solchen Luxus. Und es ist Luxus! Sie können den Menschen nicht ins Krankenhaus bringen, dazu haben sie gar keine Zeit. Wenn sie mit solchen Barmherzigkeiten anfingen, würden sie selbst bald sterben, denn wer sollte dann für die

Familie sorgen? Sie müssen sich absolut blind und taub stellen. Sie bewegen sich wie Idioten, die nichts wahrnehmen. Was sich rechts und links von ihnen abspielt, geht sie nichts an, damit haben sie nichts zu schaffen. Jeder hat sein eigenes Karma zu durchleiden. Der Bettler, der auf der Straße stirbt, erleidet sein eigenes Karma. Er war sicher in seinem letzten Leben ein Mörder... Du brauchst dich nicht um ihn zu kümmern, im Gegenteil, du musst dich freuen, dass sein Karma sich erfüllt. Jetzt ist die Schuld getilgt. In seinem nächsten Leben wird er als König oder dergleichen wiedergeboren – wunderschöne Rationalisierungen, mit denen du dich blind und stumpf halten kannst.

Für einen Armen ist es sehr schwer, ästhetischen Sinn zu entwickeln, er kann sich das gar nicht leisten. Wenn er einen Sinn für Ästhetik hätte, würde er sein Elend zu sehr spüren, und das wäre unerträglich. Er darf keinen Sinn für Reinlichkeit haben, er darf keinen Sinn für Schönheit haben. Diese Dinge kann er sich nicht leisten. Was für einen Zweck hätte es also, Empfindsamkeit dafür zu entwickeln? Das wäre Quälerei, eine ständige Folter. Er wäre nicht fähig, in seinem hässlichen Haus zu schlafen, das vor Schmutz strotzt, in dem sich nur Unrat sammelt. Das ist alles, was er hat! Er scheint sehr zufrieden – das muss er sein, er kann sich keine Unzufriedenheit leisten. Das hat aber nichts mit Religion zu tun, vergesst das nicht.

Alle armen Leute sind zufrieden, ohne jede Ausnahme. Ihr könnt nach Afrika gehen und werdet die Armen dort zufrieden finden; sie sind sogar noch ärmer als die Inder, und sie sind sogar noch zufriedener. Ihr könnt zu den Ureinwohnerstämmen Indiens gehen, die zu den ärmsten der Welt gehören, und doch werdet ihr auf ihren Gesichtern eine Art Zufriedenheit finden, der nichts fehlt, der alles recht ist. Ihnen muss alles recht sein, sie hypnotisieren sich ständig selbst, dass alles in Ordnung ist. Wie sollen sie sonst schlafen und wie sollen sie sonst essen können?

Sobald ein Land reich ist, wird es empfindsam. Sobald ein Land reich und wohlhabend wird, erweitert sich sein Horizont für viele Seiten des Lebens, die schon immer da waren, nur hatte kein Mensch Zeit, hinzusehen. Das reiche Land besinnt sich auf Musik, Malerei, Dichtung und schließlich Meditation, denn Meditation ist der höchste Luxus. Es gibt keinen größeren Luxus als Meditation.

Meditation ist der letzte Luxus und die letzte Liebesbeziehung. Es ist gut, dass du nicht mit deinen Beziehungen zufrieden bist. Die Inder sind sehr zufrieden, sie kennen nämlich überhaupt keine Beziehung. Sie haben nur die Ehe, und die hat nichts mit Beziehung zu tun. Eltern, Astrologen und Handleser entscheiden darüber. Sie hat nichts mit den Menschen zu tun, die tatsächlich verheiratet werden. Die werden nicht einmal gefragt. Sie werden einfach in eine Situation gebracht, in der sie anfangen zusammenzuleben. Mit Beziehung hat das nichts zu tun. Sie mögen Kinder zeugen, aber nicht aus Liebe – von Verliebtheit keine Spur. Aber etwas Gutes hat die Ehe: Sie ist sehr stabil. Wenn es keine Beziehung gibt, dann gibt es auch nicht die Möglichkeit der Scheidung. Scheidung ist nur möglich, wenn Liebe da ist. Versucht zu verstehen, was ich sagen will. Liebe bedeutet: Große Hoffnung; Liebe bedeutet: Ich bin angekommen. Liebe heißt: Ich habe den Mann oder die Frau gefunden. Liebe heißt: das Gefühl zu haben, dass „wir füreinander bestimmt sind". Liebe heißt, dass man jetzt nicht mehr zu suchen braucht.

Wer mit so großen Hoffnungen an die Sache herangeht, dessen Beziehung ist in dem Moment vorbei, wo die Flitterwochen vorbei sind. So große Hoffnungen kann kein menschliches Wesen erfüllen. Du hoffst, dass die Frau eine Göttin ist. Sie ist aber keine. Sie hofft, dass der Mann ein Gott ist, er ist keiner. Wie lange können sie sich also gegenseitig weiter etwas vormachen? Früher oder später fangen sie an, die Wirklichkeit zu sehen. Sie erkennen die Tatsache, und der Wunschtraum löst sich in Rauch auf.

Keine Beziehung kann befriedigen, weil jede Beziehung mit einer großen Erwartung beginnt, die nicht erfüllbar ist. Oder vielmehr, sie ist erfüllbar, aber nur, wenn du dich in das Ganze verliebst. Ein Teil kann nicht erfüllen. Wenn du dich in das Ganze verliebt hast, wenn die Vereinigung mit dem Ganzen geschieht, dann, und nur dann, wirst du erfüllt sein. Aber dann gibt es niemanden mehr, der befriedigt ist, sondern nur noch Befriedigung allein. Und die hat kein Ende.

Ich bin absolut für die Liebe, weil die Liebe versagt. Das überrascht euch – aber ich habe meine eigene Logik. Ich bin ganz für die Liebe – weil sie versagt. Ich bin nicht für die Ehe, weil die Ehe erreicht, was sie will: Sie gibt euch stabile Verhältnisse – und das ist die Gefahr. Man gibt sich mit einem Spielzeug zufrieden, mit etwas aus Plastik, künstlich und leblos, von Menschenhand fabriziert.

Das ist der Grund, warum man sich im Osten, und vor allem in Indien, das ein sehr altes Land ist – und alte Länder sind schlau und listig, genau wie alte Leute –, warum man sich in diesem Land dafür entschieden hat, schon Kinder zu verheiraten. Denn wenn man abwartet, bis das Jugendalter kommt, werden Hoffnungen, Wünsche, Sehnsüchte und romantische Phantasien wach, und dann wird es schwierig. Die beste Methode, die man in Indien dagegen finden konnte, war die Kinderehe. Kinder wissen nicht, was Liebe ist, sie haben noch nicht einmal das Verlangen danach; der Sex ist noch nicht ausgereift. Lasst sie also heiraten!

Stellt euch vor: Ein dreijähriges Mädchen, das einen fünfjährigen Jungen heiratet! Jetzt wachsen sie zusammen auf, wie Bruder und Schwester. Habt ihr euch schon jemals gewünscht, euch von eurer Schwester scheiden zu lassen? Ich glaube nicht, dass sich jemals ein Mensch von seiner Schwester scheiden ließ – wozu auch? Man nimmt die Beziehung als gegeben hin. Jeder findet seine Mutter wunderbar, seine Schwester wunderschön, seinen Bruder großartig. Ihr seht diese Dinge als selbstverständlich an.

Nur eine Form von Beziehung konnte man sich in Freiheit selber aussuchen: den Ehegefährten – die Ehefrau, den Mann. Und in Indien haben wir sogar diese Freiheit zerstört. Ehemänner und Ehefrauen wurden genauso mitgegeben wie Brüder und Schwestern. Und wenn man jahrelang zusammen aufgewachsen ist, entsteht eine Art Freundschaft, eine Art Bindung. Man gewöhnt sich aneinander. Das ist aber nicht dasselbe wie Verbundenheit, wie Liebe. Indien hat sich eben fürs Dauerhafte entschieden. Und ein altes Land weiß ganz genau: Liebe kann nie von Dauer sein. Entscheide dich für die Liebe und du entscheidest dich für Probleme.

Im Westen ist die Liebe immer wichtiger geworden. Und damit sind alle möglichen Probleme aufgetaucht. Die Familie bricht auseinander, löst sich sogar endgültig auf.

Die Leute wechseln ihre Männer und Frauen so oft, dass alles drunter und drüber zu gehen scheint. Ich habe von einer Hollywood-Schauspielerin gehört, dass sie drei Tage nach ihrer einunddreißigsten Hochzeit feststellen musste, dass sie schon einmal mit ihrem neuen Mann verheiratet war. Schwer, da noch den Überblick zu behalten, so oft schon... so viele Leute, immer neue Gesichter!

Nun, das kann in Indien nicht passieren. Selbst nach vielen Leben wird sich deine Frau an dich erinnern, selbst dann gibt es kein Entrinnen. Flucht ist ausgeschlossen.

Aber ich bin ganz und gar für die Liebe. Und ich bin gegen die Ehe, vor allem gegen die arrangierte, denn eine arrangierte Ehe gibt Zufriedenheit. Und Liebe? Liebe kann dich nie zufrieden stellen. Sie macht dich immer durstiger nach besserer und immer besserer Liebe, sie gibt dir ein immer größeres Verlangen, macht dich ungeheuer unzufrieden.

Und mit dieser Unzufriedenheit beginnt die Suche nach Gott. Wenn die Liebe viele Male versagt hat, fängst du an, dich nach einem neuen Liebhaber umzusehen, einer neuen Art von Liebe, einer neuen Qualität der Liebe. Diese neue Liebe ist Gottesliebe, ist Meditation, Sannyas.

Es ist gut, dass alles Verlangen nach gewöhnlichen Beziehungen unbefriedigt bleibt und nur immer größer werden kann; dass keine Beziehung dich erfüllen wird – sie kann dich nur noch mehr enttäuschen; dass keine Tränen erleichtern – sie können es nicht. Sie mögen einen Augenblick lang helfen, aber dann kommen Schmerz und Qual wieder – weil sich doch nichts geändert hat, trotz noch so vieler schöner Träume und Abenteuer. Ja, nichts hat sich geändert.

Trotzdem sage ich: Geh da hindurch. Nichts mag sich

ändern, aber du änderst dich, indem du durch all diese Träume und schönen Abenteuer hindurchgehst. Nichts auf der Welt ändert sich.

Denk doch nur einmal nach: Dir ist diese Frage gekommen. Das ist eine Veränderung. Wie viele Leute gibt es denn, die diese Frage stellen? Diese Frage ist keine gewöhnliche Frage, sie kommt nicht aus Neugierde. Ich kann die Qual, das Leiden dahinter spüren. Ich kann die Tränen fühlen, ich kann deine Enttäuschung darin sehen, ich kann das ganze Elend und Unglück erkennen, das du durchgemacht haben musst. Es ist fast greifbar.

Nichts verändert sich auf der Welt. Aber indem du wieder und wieder auf die Nase fällst, ändert sich etwas in dir – und das ist Revolution. So eine Frage auch nur zu stellen bedeutet, am Rande einer Revolution zu stehen. Jetzt ist ein neues Abenteuer nötig – die alten Abenteuer haben nichts gebracht. „Neu" nicht in dem Sinne, dass du dir einen neuen Mann oder eine neue Frau suchen musst, sondern „neu" in dem Sinn, dass du auf einer neuen Ebene suchen musst.

Diese Ebene ist die Dimension des Göttlichen.

Ich sage dir: Ich bin erfüllt und zufrieden; nicht durch irgendeine Beziehung von dieser Welt, nicht durch irgendeine weltliche Liebesbeziehung, sondern weil eine Liebe mit der ganzen Schöpfung das Äußerste an Erfüllung ist. Und wenn man erfüllt ist, beginnt man überzufließen. Diese Zufriedenheit kann man nicht für sich behalten. So ein Mensch ist gesegnet, und so sehr gesegnet, dass er anfängt, auch andere zu segnen. Er ist so ungeheuer gesegnet, dass er ein Segen für die Welt wird.

Aus: The Book of Wisdom

BETTLER UND KAISER DER LIEBE

Muss man erst mit der eigenen Einsamkeit fertig geworden sein, bevor man sich in eine Beziehung begibt?

JA, MAN MUSS MIT SEINER EINSAMKEIT FERTIG GEWORDEN SEIN, und zwar so total, dass die Einsamkeit in Alleinsein verwandelt wird. Erst dann ist man fähig, eine tiefe und befriedigende Beziehung einzugehen. Erst dann ist man fähig zu lieben. Was meine ich, wenn ich sage, man muss mit seiner Einsamkeit fertig werden, und zwar so total, dass sie zum Alleinsein wird? Einsamkeit ist ein negativer Zustand. Alleinsein ist etwas Positives – ganz gleich, was die Wörterbücher darüber sagen. In Wörterbüchern sind „Einsamkeit" und „Alleinsein" gleich bedeutend – sie sind Synonyme –, aber nicht im Leben. Einsamkeit ist ein Bewusstseinszustand, in dem man den anderen permanent vermisst, Alleinsein ist der Zustand, in dem man immer glücklich mit sich selbst ist. Einsamkeit bedeutet Unglück; Alleinsein ist die reine Freude. Einsamkeit bedeutet ständige Sorge, immer etwas vermissen, hinter etwas her sein, etwas wollen.

Alleinsein ist eine tiefe Erfüllung, ein Bei-sich-selbst-Bleiben, voller Glück, voller Freude. Wenn du einsam bist, bist du aus deinem Zentrum herausgefallen; wenn du allein bist, bist du tief mit deinem Zentrum verwurzelt. Alleinsein ist etwas Wunderbares; es hat eine Art von Eleganz, eine

Anmut, eine Schwingung absoluter Befriedigung. Einsamkeit ist ärmlich, erbärmlich – man geht betteln, sonst gar nichts. Sie hat keine Grazie, sondern ist einfach hässlich. Einsamkeit bedeutet Abhängigkeit – Alleinsein bedeutet vollkommene Unabhängigkeit: Man ist sich selbst die ganze Welt, die gesamte Existenz.

Wenn du nun in eine andere Beziehung gehst, weil du einsam bist, dann beutest du den andern aus. Der Partner wird zu einem Mittel, das deiner Befriedigung dient. Du benutzt den andern, und niemand will sich benutzen lassen; kein Mensch ist auf dieser Erde, um irgendeinem andern als Mittel zum Zweck zu dienen. Jeder Mensch ist Selbstzweck in sich. Keiner ist hier, um wie ein Gegenstand benutzt zu werden. Niemand ist hier, um die Erwartungen irgendeines andern zu erfüllen. Alle sind hier, um schlicht und einfach sie selbst zu sein.

Also ist eine Beziehung, die aus Einsamkeit entstanden ist, von vornherein zum Scheitern verurteilt. Bevor sie überhaupt losging, ist sie schon zerstört. Das Kind wird schon tot geboren. Durch so etwas wirst du nur noch unglücklicher. Und vergiss nicht: Wenn du dir jemanden aus Einsamkeit suchst, findest du jemanden, der in der gleichen Lage ist, denn kein Mensch, der sein Alleinsein genießt, fühlt sich zu dir hingezogen. Du bist einfach nicht gut genug für ihn. Bestenfalls kann er Mitleid mit dir haben, aber er kann dich nicht lieben. Ein Mensch, der sein Alleinsein als Höhepunkt empfindet, kann sich nur zu jemandem hingezogen fühlen, der auch alleine sein kann.

Also findest du immer den gleichen Typ Mensch; du findest ein Spiegelbild deiner selbst. Zwei Bettler treffen aufeinander, zwei unglückliche Kreaturen. Und vergiss nicht: Wenn zwei Unglückliche sich zusammentun, ist es keine normale Addition, sondern eine Multiplikation. Sie machen sich unglücklicher als sie es je allein in ihrer Einsamkeit fertig gebracht hätten.

Lerne erst allein zu sein. Hab erst einmal an dir selber Freude. Liebe dich erst einmal selbst. Werde so wirklich, so aufrichtig glücklich, dass es völlig egal ist, ob jemand kommt oder nicht – du bist voll, am Überfließen. Es ist völlig in Ordnung, wenn niemand bei dir anklopft, du vermisst nichts. Du sitzt nicht da und wartest, dass jemand an deine Türen klopft. Du sitzt bei dir zuhause, und wenn jemand kommt – gut, wunderbar, und wenn niemand kommt – auch gut, auch wunderbar. Und dann geh in eine Beziehung.

Jetzt gehst du wie ein Meister an die Sache heran, nicht wie ein Bettler. Du bist ein Kaiser, kein Bettler.

Ein Mensch, der sein Alleinsein gelebt hat, fühlt sich nur zu jemandem hingezogen, der sein Alleinsein ebenfalls ausgiebig genießt, denn das Gleiche strebt zum Gleichen hin. Wenn zwei Meister sich begegnen – Meister ihres eigenen Wesens, ihres Alleinseins, dann addiert sich ihr Glück nicht nur, es multipliziert sich. Das Treffen wird zu einem einzigen Freudenfest. Und sie nutzen sich nicht gegenseitig aus; sie teilen. Sie benutzen sich nicht – im Gegenteil, sie werden vollkommen eins und genießen die Existenz, die sie umgibt. Zwei Einsame stehen sich immer gegenüber – es ist eine Konfrontation. Zwei Leute, die wissen, was Alleinsein ist, blicken gemeinsam etwas Höherem entgegen.

Ich nehme immer folgendes Beispiel: Zwei gewöhnliche Liebende, die einsam sind, schauen sich immer gegenseitig an. Zwei wahre Liebende sehen sich in einer Vollmondnacht nicht an – vielleicht halten sie sich an den Händen –, aber sie blicken auf den Mond oben am Himmel. Sie schauen nicht sich an, sondern etwas anderes, das beide sehen wollen. Sie hören sich Musik von Mozart, Beethoven oder Wagner an oder sitzen am Fuße eines Baumes und fühlen die Schwingung des Baumes, die beide umgibt. Vielleicht sitzen sie bei einem Wasserfall und hören seinem Rauschen, der unablässigen Musik des Wassers zu. Am Strand, am Meer, blicken sie in die fernste Ferne, so weit das Auge nur reicht.

Zwei Einsame sehen bei einer Begegnung immer den andern an, einfach, weil sie ständig nach Mitteln und Wegen suchen, den andern auszunutzen: wie den andern benutzen, wie durch den andern glücklich werden?

Aber zwei, die mit sich allein vollkommen zufrieden sind, versuchen nicht, sich gegenseitig auszunutzen; sie werden vielmehr zu Weggenossen, zu Freunden auf der gleichen Reise. Ihr Ziel ist hoch, ihr Ziel liegt in weiter Ferne, und das gemeinsame Interesse verbindet sie. Normalerweise ist das gemeinsame Interesse der Sex. Sex kann zwei Menschen kurz und unverbindlich zusammenbringen – und auf sehr oberflächliche Art.

Aber echte Liebende haben ein größeres gemeinsames Interesse. Nicht, dass sie keinen Sex haben, das kann schon sein, aber er ist dann Teil einer größeren Harmonie. Während sie einer Symphonie von Mozart oder Beethoven zuhören, kann es sein, dass sie sich ganz nahe kommen, so nahe, dass Sex einfach geschieht. Es kann sein, dass sie sich lieben, aber es geschieht im Zusammenhang der größeren Harmonie, die durch Beethovens Symphonie hergestellt wurde. Die Musik war das Wesentliche, und der Liebesakt geschah als Teil davon. Wenn ein Liebesakt von selbst stattfindet, ohne dass man drüber nachgedacht hat, einfach als Bestandteil einer höheren Harmonie, dann hat er eine völlig andere Qualität: etwas Göttliches, nichts Menschliches mehr. Das englische Wort *happiness* – „Glücklichsein"– kommt von dem skandinavischen Wort *hap*. Das Wort *happening* hat auch die gleiche Wurzel. *Happiness is that which happens* – Glücklichsein ist ein *happening*, ein Ereignis, das nicht herstellbar ist, dem man nicht befehlen kann, sich einzustellen, das man nicht erzwingen kann. Man kann sich nur empfänglich dafür machen. Es kommt, wenn es kommt.

Zwei wahre Liebende sind immer empfänglich, denken aber nie darüber nach, wie sie versuchen können, das Glücksgefühl herbeizuführen. Und so sind sie auch nie frustriert, denn es kommt, wann es will; sie schaffen nur die entsprechende Situation. In Wahrheit ist es so, dass du die Situation schon bist, sofern du alleine glücklich bist. Und wenn der andere auch für sich allein glücklich ist, ist er die entsprechende Situation. Wenn zwei solche „Situationen" zusammenkommen, wird eine größere geschaffen, und in dieser größeren Situation geschieht vieles – nichts wird hergestellt. Man muss nichts tun, um glücklich zu werden. Man muss nur mit dem Strom fließen und loslassen.Wenn du also fragst: *Muss man erst mit der eigenen Einsamkeit fertig geworden sein, bevor man sich in eine Beziehung begibt?*

Ja, absolut ja! So muss es sein! Sonst wirst du nur frustriert und tust Dinge im Namen der Liebe, die überhaupt nichts mit Liebe zu tun haben.

Aus: Kom und folge zu dir, Bd. 4

EGOISMUS UND LÜSTERNHEIT

Ich möchte mich gerne verlieben, aber ich habe Angst vor schönen Frauen und eine wahnsinnige Angst vor der Liebe – und ich weiß nicht warum. Warum fällt es mir so schwer, mich zu verlieben?

LIEBE IST DAS HÄRTESTE, WAS ES GIBT AUF DER WELT, DAS ALLERanstrengendste. Man muss wirklich Mut haben, sich zu verlieben. Nicht von ungefähr sind Tausende von Menschen im Namen der Religiosität vor der Welt davongelaufen. In Wirklichkeit sind sie nicht vor der Welt geflohen, sondern vor der Liebe. Es war die Liebe, die sie in die Einsiedelei, in die Berge, in die Klöster getrieben hat. Aber sie hatten noch nicht einmal den Mut, sich die Angst vor der Liebe einzugestehen. Sie versteckten ihre Angst hinter schönen, frommen Worten. Anstatt ihre eigene Feigheit zu verurteilen, haben sie die Welt verurteilt.

Und die Menschheit hat solche Leute als Heilige verehrt – hat Feiglinge verehrt. Und natürlich wird man selbst auch zum Feigling, wenn man Feiglinge anbetet. Man sollte sich das Objekt seiner Bewunderung sehr sorgfältig aussuchen, denn unbewusst fängt man an, genauso zu werden, wie der, den man bewundert.

Ein Mann, der im Krieg desertiert, wird verachtet – man nennt ihn einen Verräter –, aber die Leute, die aus dem

Lebenskampf fliehen, werden für Helden gehalten, die etwas Großes vollbracht haben. Ihre Angst ist grundsätzlich die Angst vor der Liebe. Und warum haben sie solche Angst davor?

Liebe verlangt als Erstes, dass man sein Ego fallen lässt. Es ist keine Schwierigkeit, das Ego im Namen der Religion zu bewahren – im Namen der Tugend, der Moral, der Reinheit, der Charakterstärke – das sind alles schöne Worte, mit denen man sein Ego dekorieren kann, mit denen man es aufpäppeln kann. Und so sind eure so genannten Heiligen die größten Egoisten, die es gibt. Ihr seht das ja selbst. Die Merkmale sind so zahlreich und so offensichtlich, dass kein Mensch es leugnen kann. Eure Heiligen haben mehr Blutvergießen auf dieser Erde angestiftet als irgendjemand sonst, einfach, weil es Blutvergießen geben muss, wenn das Ego herrscht. Aber wenn man sich hinter schönen Fassaden versteckt, dann betrügt man nicht nur andere, sondern letzten Endes auch sich selbst.

Die Liebe ist eines der gefährlichsten Dinge, die es gibt. Du musst dein Ego beiseite lassen, wenn Liebe entstehen soll. Liebe ist wahre Religiosität, aber wenn ich ein Wort wie „Liebe" benutze, kannst du natürlich genau das Gegenteil verstehen. Du kannst „Lüsternheit" darunter verstehen. Lüsternheit ist keine Liebe. Liebe hat weder etwas mit dem so genannten religiösen Leben noch etwas mit dem so genannten weltlichen Leben zu tun. Liebe ist weder das eine noch das andere.

Liebe ist das Transzendieren der Lüsternheit und des Egos. Das religiöse Leben nährt dein Ego und zerstört deine Liebe; das unreligiöse Leben befriedigt deine Lüsternheit und zerstört deine Liebe. Das sind die beiden Extreme: Egoismus und Lüsternheit. Genau zwischen diesen beiden ist die Liebe. Liebe ist weder Ego noch Lüsternheit – Liebe geht über beides hinaus.

Lüsternheit bedeutet, dass du versuchst, den andern auszunutzen, und dann kriegst du es natürlich mit der Angst zu tun. Die Angst ist, dass der andere dich seinerseits ausnutzen kann. Eine Beziehung anzufangen heißt, eine Situation herzustellen, in der du versuchst, den andern auszunutzen, und der andere versucht, dich auszunutzen. Beide sehen den andern als Mittel zum Zweck. Daher die große Anziehung: die Gelegenheit, jemanden auszunutzen – und die große Angst: Vielleicht wirst du selbst ausgenutzt. Lüsternheit kann nie frei von Angst sein. Das Ego kann nie frei von Angst sein. Und so haben die Leute, die in die Einöden, in Berge und Klöster geflohen sind, immer noch Angst, denn vor der Welt kann man fliehen, aber vor seinem eigenen Wesen nicht.

Liebe ist eine Lebensnotwendigkeit. Du kannst der Welt den Rücken zudrehen, aber Nahrung brauchst du trotzdem. Du kannst dich aus der Welt zurückziehen, aber das heißt nicht, dass du nun keine Nahrung mehr brauchst. Und Liebe ist die Nahrung der Seele, genauso wie Speise die Nahrung des Körpers ist. Liebe kann nicht vermieden werden. Wenn man die Liebe meidet, meidet man das Leben. Der Liebe aus dem Weg zu gehen heißt, Selbstmord zu begehen.

Eure Heiligen haben Selbstmord begangen. Eure Sünder haben Selbstmord begangen. Gewissermaßen sind beide gleich, denn sie befinden sich einfach an den entgegengesetzten Enden. Meine Sannyasins müssen über diesen

Widerspruch, diese Polarität hinausgehen. Sie müssen über beide Extreme hinausgehen. Über die Lüsternheit hinauszugehen bedeutet: Seid nicht berechnend, versucht nie, den andern auszunutzen. Das ist niederträchtig, das ist unmenschlich. Es ist unreligiös. Es ist gewaltsam – pure Gewalt. Ein Sannyasin achtet das Leben eines jeden Menschen an und für sich. Vermeidet es, berechnend zu sein.

> Ein Jude, der den ersten Preis im Lotto gewonnen hatte, fand sich plötzlich von allen möglichen Freunden und Verwandten umgeben, die ihn vorher ignoriert hatten. Aber er weigerte sich, ihnen etwas von seinem Geld abzugeben oder auch nur zu leihen.
> „Du hast doch jetzt mehr Geld, als du je ausgeben kannst", sagte einer. „Warum bist du so unfreundlich?"
> „Aus zwei Gründen", erklärte der glückliche Gewinner. „Zum Ersten: Ich hasse meine Verwandten. Und zum Zweiten: Ich liebe mein Geld."

Jemanden lieben bedeutet, Achtung vor der Person zu haben. Es bedeutet, sie nicht auszunutzen. Jemanden lieben bedeutet, seine Liebe zu geben, mit allem, was man hat, ohne jemals zu erwarten, dass man etwas zurückbekommt. Wenn man auch nur den kleinsten Gedanken an eine Belohnung hat, ist es Berechnung, ist es Lüsternheit. Selbst Dank zu erwarten ist falsch. Liebe ist es nur dann, wenn man einfach um der Liebe willen liebt.

> Ein reicher Witwer lud seine drei Söhne und ihre Frauen zur Feier seines Geburtstages in sein Haus. Nachdem sich

alle zu Tisch gesetzt hatten, erklärte er, warum er diese Versammlung einberufen hatte. „Wie ihr wisst, werde ich heute achtundfünfzig, und ich habe vor, mein Testament zu ändern. Da ich sehr enttäuscht bin, dass mich noch keiner von euch zum Großvater gemacht hat, werde ich meinem erstgeborenen Enkelkind 250.000 Dollar vermachen."

Dann senkte er den Kopf zum Tischgebet. Als er wieder aufschaute, saß er allein am Tisch...

Das ist die übliche Art, wie die Leute miteinander umgehen. Sie sind von der Lüsternheit getrieben, von Gier, von tausenderlei Beweggründen – und all das nennen sie Liebe.

Das ist kein persönliches Problem. Nicht nur du hast Angst, dich zu verlieben. Nicht nur du fragst dich: *Warum fällt es mir so schwer?* Jeder hat dieses Problem, aber es wurde durch eine endlose, idiotische Konditionierung geschaffen. Anstatt euch zu helfen, ganz klar zu sehen, was Liebe eigentlich ist, anstatt euch dabei zu helfen, ohne Hintergedanken zu lieben, hat man euch eingetrichtert, aus Motiven heraus zu lieben, Liebe künstlich herzustellen.

Die Mutter sagt: „Du musst mich lieb haben, weil ich deine Mutter bin." Als wäre Liebe eine logische Konsequenz: „Weil ich deine Mutter bin, deshalb musst du mich lieben." Und das arme Kind ist völlig hilflos, es versteht nicht, wie es das machen soll. Du magst zwar die Mutter oder der Vater sein, aber das heißt noch lange nicht, dass dein Kind dich auch liebt. Wenn Liebe für Mütter, Väter, Brüder und Schwestern und Verwandte zwangsläufig empfunden würde, hätte man niemanden darüber belehren müssen, dass man seine Mutter und seinen Vater lieben soll. Liebe entsteht nicht zwangsläufig – sie muss gepflegt werden.

Und das Kind ist natürlich völlig hilflos. Es fängt an, Liebe vorzutäuschen; es wird von Anfang an zu politischem Handeln erzogen, es lernt, diplomatisch zu sein. Es wird zum Machiavellisten. Es fängt an, der Mutter Liebe vorzutäuschen, einfach weil es sie braucht: Ohne die Mutter kann das Kind nicht leben. Es lächelt seinen Vater an, und dieses Lächeln ist falsch, es kommt nicht von Herzen. Auf diese Weise wird die Liebe des Kindes von Anfang an vergiftet. Später heißt es dann: „Du musst deine Ehefrau lieben – du musst deinen Ehemann lieben..." Wir hören nicht auf, den Leuten diesen dummen Spruch vorzusagen: „Du musst lieben, weil... deshalb".

Liebe ist keine logische Konsequenz. Entweder ist sie vorhanden oder sie ist nicht vorhanden. Wenn sie da ist, lass sie wachsen; wenn sie nicht da ist, nimm es hin, du kannst nichts anderes tun. Aber mach aus deiner Liebe nicht etwas Künstliches. Aber die Mutter hat selbst ohne Liebe auskommen müssen – von ihrem Mann wurde sie nicht geliebt. Er hat Liebe gezeigt, weil sie seine Frau ist, weil er sie lieben musste – es war eine gesellschaftliche Pflicht, der er nachkommen musste – eine Formalität. Also ist sie nach Liebe ausgehungert und fängt nun an, ihr Kind auszubeuten.

Die meisten Frauen wollen Kinder, nicht weil sie so gerne Mütter sind, sondern weil man die Liebe eines Kindes leichter ausbeuten kann als die von irgendjemandem sonst. Schließlich ist das Kind vollständig auf seine Mutter angewiesen. Mutter zu sein ist etwas ganz Seltenes – der Wunsch nach einem Kind hat damit absolut nichts zu tun, das steht auf einem ganz anderen Blatt. Dieser Wunsch kommt aus einer ganz anderen Ecke. Und ein Vater zu sein ist sogar noch schwieriger; denn Mutterschaft ist wenigstens noch etwas Instinktives, Biologisches. Der „Vater" ist eine Erfindung der Gesellschaft, eine soziale Einrichtung. Der Vater ist eine menschliche Erfindung, er existiert nicht in der Natur; und das macht es noch viel schwieriger, ein echter Vater zu sein. Aber jeder Mann will Vater werden, will seine Männlichkeit beweisen, die Liebe zu seiner Frau beweisen, seine Potenz unter Beweis stellen und zeigen, dass er wirklich ein Mann ist. Aber das sind alles Dinge, die nicht das Geringste mit Liebe zu tun haben.

Und dann das Bedürfnis, die Kinder in der Gewalt zu haben! Die Frau hat er nicht in seiner Gewalt – sie dominiert ihn. Die Frau lässt ihn nach außen hin so tun, als sei er der Herr im Haus; sie kann es leicht zulassen, denn sie ist sich ihrer Macht so sicher, dass es keine Rolle spielt. Nach außen hin kann er den „Herrn-im-Haus" spielen – sie, er und jeder andere weiß, wer die Zügel wirklich in der Hand hat.

Der Mann sehnt sich danach, Herrschaft auszuüben, er möchte jemanden dominieren können. Seine Frau kann er nicht dominieren, den Boss im Büro kann er nicht dominieren, er hat niemanden in seiner Gewalt … also braucht er Kinder. Aber das ist das Verlangen nach Macht über andere. Und dann befiehlt er seinen Kindern: „Liebt mich! Ich bin euer Vater. Es gehört sich so, dass ihr mich liebt!" Als ob man Liebe erzeugen könnte. Und so wird alles verlogen. Bis zu dem Zeitpunkt, wo die Leute erwachsen werden, ist ihre Liebe fast völlig künstlich. Sie ist reine Berechnung, reine Hinterlist geworden.

Zwei Frauen begegnen sich seit ihrem Schulabschluss zum ersten Mal wieder. Fragt die erste: „Na, ist es dir gelungen, ein gut geplantes Leben zu führen?"
„Oh, ja", sagt die Freundin, „erst hab ich einen Millionär geheiratet, dann einen Schauspieler. Mein dritter Mann war Pfarrer und momentan bin ich die Frau eines Beerdigungsunternehmers."
„Ja, und was haben all diese Ehen mit einem gut geplanten Leben zu tun?"
„Na ja, der Erste zum Bezahlen, der Zweite zum Angeben, der Dritte für die Neigung zum Sakralen und der Vierte fürs Ableben."

Das ist ein gut geplantes Leben! Merkt euch dieses Sutra: „Der Erste zum Bezahlen, der Zweite zum Angeben, der Dritte für die Neigung zum Sakralen und der Vierte zum Ableben." So leben die Leute tatsächlich!

Du fragst mich: *Ich möchte mich gerne verlieben…* Das hat nichts mit „gerne mögen" zu tun. Wenn du gerne möchtest, passiert es bestimmt nicht. Solche Dinge passieren nicht, weil man gerne möchte – du stolperst einfach und fällst. Aber du versuchst, es an den Haaren herbeizuziehen! Das kannst du zwar machen, aber dann ist es kein echtes Verliebtsein, keine Knochenbrüche, nichts dergleichen. Du kannst eine Schaumgummi-Matratze hinlegen, dorthin, wo du das Loch vermutest, und dich dann drauffallen lassen. Aber du wirst dumm dabei aussehen, sonst nichts. Ein bisschen peinlich wird es sein, das ist alles.

Du sagst: *Ich möchte mich gerne verlieben, aber ich habe Angst vor schönen Frauen…* Das ist das Einzige, was sich ein bisschen intelligent anhört: Schöne Frauen sind tatsächlich gefährlich. Hässliche Frauen sind lieb… müssen lieb sein! Sieh zu, dass du dich in eine hässliche Frau verliebst, denn eins ist über die Jahrtausende hinweg klargestellt worden: Eine schöne Frau hat es nicht nötig, sich anzustrengen, auch noch nett zu sein. Es genügt, dass sie schön aussieht – warum soll sie nett sein? Gemein wird sie sein!

Hässliche Frauen sind viel netter, das müssen sie auch – wer würde sich sonst in sie verlieben? Ihre Körper, ihre Gesichter, sind eher geeignet, dich davonzujagen; du rennst bis ans Ende der Welt, ohne dich noch einmal umzudrehen – das müssen sie wettmachen. Sie kompensieren es, indem sie nett sind und ganz, ganz lieb. Sie werden dir eine Mama sein; sie kümmern sich um dich, als wärst du ein kleine Baby… Sie geben dir die Brust. Sie werden dir absolut unentbehrlich und machen dich so abhängig, dass du ihre Hässlichkeit in Kauf nimmst.

In diesem Punkt beweist du tatsächlich etwas Intelligenz. Und wenn du meinst, dass du ein gut geplantes Leben führen solltest, dann verliebe dich in eine hässliche Frau. Anfangs ist es bitter, aber danach ist es ein Genuss mit Zuckerguss. Und denke immer an die Zukunft, das machen alle berechnenden Leute. Was ist schon eine bittere Pille? Am Anfang – okay, aber dann ist's sehr förderlich für die Gesundheit. Hässliche Frauen sind reine Medizin; schöne Frauen dagegen sind anfangs süß und am Ende bitter! Und das ist kein Rat, den ich dir gebe.

Gautam Buddha sagt das Gleiche – natürlich in einem anderen Zusammenhang, so ehrlich wie ich kann er ja nicht sein. Er sagt: „Diese Welt ist am Anfang süß und am Ende bitter. Die andere Welt ist am Anfang bitter und am Ende süß. " Der Zusammenhang ist ein anderer, aber bedeutsam – auch gerade für dich. Eine schöne Frau sieht verlockend aus, und du fühlst dich versucht – aber denke an die großen Philosophen, die sagen, dass Schönheit nichts als Illusion ist; sie existiert nur an der Oberfläche.

Wenn du eine schöne Frau siehst, denke immer an die großen Philosophen; in ihrem Innern haben diese Frauen nichts als Knochen, Blut, Eiter und so weiter und so weiter. Halte dir ein Skelett in deinem Schlafzimmer, und sowie du eine schöne Frau siehst, projiziere das Skelett auf sie. Das schlägt dich in die Flucht. Wenn du eine hässliche Frau siehst, dann hab Mitleid mit ihr. Mitleid ist etwas Gutes, ein Dienst am Menschen.

In der Tat, du überwindest die Welt damit; zum Heiligen wirst du, wenn du dich in eine hässliche Frau verliebst – du wirst dafür belohnt werden. Sie wird nett zu dir sein, und ewig nett zu dir sein... Das einzige Problem ist folgendes: Hier findest du keine hässliche Frau. Aus irgendwelchen Gründen werde ich nicht von hässlichen Frauen geliebt; das ist die Schwierigkeit! Also bist du wohl am falschen Platz hier.

Ein Handelsvertreter fand sich eines Tages bei einem stürmischen Unwetter nahe einer überschwemmten Brücke irgendwo im Hinterland. Da er nicht weiterfahren konnte, stieg er aus dem Auto und ging zum nächsten Bauernhaus. Ein alter Mann öffnete ihm die Tür.
„Können Sie mich für die Nacht beherbergen?", fragte der Handelsvertreter.

„Ja, das geht schon“, antwortete der Bauer, „aber Sie müssen mit meinem Sohn schlafen.“
„Mit ihrem Sohn?“
„Jawohl.“
„Entschuldigen Sie mal“, sagte der Vertreter. „Ich glaube, ich bin hier im falschen Film !“

Hier bist du im falschen Film, du wirst den passenden Film für dich finden müssen. Hier gibt es keine hässlichen Frauen, da kannst du lange suchen. Du sagst: *Ich möchte mich gerne verlieben, aber ich habe Angst vor schönen Frauen und eine wahnsinnige Angst vor der Liebe – und ich weiß nicht, warum.* Da gibt es auch nicht viel zu wissen, die Sache ist simpel und eindeutig. Da gibt es nichts, worüber man großartig nachdenken muss.

John: „Hast du jemals einen so geliebt wie mich?“
Helen: „Nein, John. Es gibt Männer, die ich wegen ihres Aussehens, ihrer Intelligenz oder ihres Einkommens bewundert habe. Aber bei dir ist es reine Liebe, sonst nichts.“
Während des Mittagessens sagt Helen zu ihrer Freundin Pam: „Ich weiß nicht, was ich machen soll. Vor ein paar Tagen hab ich geträumt, dass John mit einer Blondine zu Mittag aß und mit ihr geflirtet hat.“
„Ach du lieber Gott, Helen“, protestiert Pam. „Das war doch nur ein blöder Traum.“ „Nur ein blöder Traum?“, echot die andere, „wenn er es schon in *meinen* Träumen so treibt, dann kannst du dir vielleicht vorstellen, was er in seinen eigenen macht!“

Die Angst ist ganz natürlich, denn die Frau repräsentiert den Anfang des Lebens – den Anfang des ganzen Ärgers. Vor der Frau existiert nichts und nach ihr existiert wieder nichts. Vor der Frau ist alles Finsternis, und nach ihr ist alles Licht. Aber dazwischen hat man das Problem, und jeder muss da durch.

> Unter den Ausstellungsgegenständen in der Bibliothek des Vatikans befinden sich auch zwei Bibeln, die beieinander liegen – eine ist riesengroß, ungefähr einen halben Meter dick, und die andere winzig, weniger als einen Zentimeter lang.
> Einer der Führer erklärt den Besuchern: „Dieser riesige Bibelband enthält alles, was Eva zu Adam gesagt hat. Und diese kleine Bibel hier alles, was Adam zu Eva gesagt hat."

Ich weiß nicht, warum es dir nicht klar ist – es ist doch ganz offensichtlich: Die Leute haben schon immer Angst vor den Frauen gehabt, einfach deshalb, weil der Mann durch den Kopf funktioniert und die Frau durch die Intuition. Sie können zu keiner Einigung kommen; sie können sich über nichts einig werden. Die Frau gelangt mit einem Sprung zu ihren Schlussfolgerungen – und das Dumme ist, dass sie fast immer recht hat! Der Mann dagegen nimmt den langen, anstrengenden Weg zu seiner Schlussfolgerung – und hat meistens auch noch Unrecht!

Also, wenn du dich mit einer Frau anlegst, und das heißt, dass du die Frau liebst, dann bist du verloren; du bist zum Scheitern verurteilt. Du kannst keinen Streit gewinnen; ihre Argumentationsweise ist völlig verwirrend. Du möchtest, dass sie sich ruhig mit dir an den Tisch setzt und diskutiert, und sie fängt an zu heulen und mit Gegenständen herumzuwerfen. Was nun? Es ist dein Geld, was sie da gerade zertrümmert, also kannst du nicht auch mit irgendetwas herumwerfen, das wäre pure Dummheit. Und den ganzen Tag über... du kommst erledigt nach Hause und möchtest ein paar Augenblicke Ruhe haben, und sie hat sich den ganzen Tag nur darauf vorbereitet, hat sich warmgelaufen und wartet nur auf dich. Du kommst völlig zerrüttet nach Hause, sie aber ist frisch und kampfbereit.

Wie kannst du da gewinnen? Und du hast überhaupt keine Lust dich zu streiten, du willst in Ruhe gelassen werden und deine Zeitung lesen, und sie reißt dir die Zeitung aus der Hand. Was du auch tust, findet sie unerträglich – außer der Dynamischen Meditation. Das geht unter die Haut, davor haben die Frauen Angst.

Ich habe die Dynamische Meditation für die armen Männer entwickelt, damit sie wenigstens etwas haben, womit sie sich verteidigen können. Du kannst einfach herumschreien, in die Luft springen und hu-huhen, und dann wird ihr die Sache klar. Dann wird sie vernünftig und fängt an, dir recht zu geben, aber in jedem anderen Fall macht sie dir die Hölle heiß. Die Dynamische ist eine der ältesten weiblichen Techniken, obwohl die Frauen es natürlich nicht Meditation nennen. Ich nenne es Meditation, um der Methode einen religiösen Anstrich zu geben.

Das sind also ein paar Hinweise für dich. Wenn dir etwas an einem ruhigen Leben liegt, such dir eine hässliche Frau, und dein Leben wird friedlich verlaufen. Freudlos natürlich, aber du kannst schließlich nicht beides haben. Friedlich wird es sein, als wärest du schon gestorben. Du wirst dich nicht aufregen müssen. Der Friede wird falsch sein wie ein platter Reifen, der auf der Straße festsitzt – „Still sitzt du, tust nichts, und der Frühling kommt, und kein Gras wächst mehr… " Wie kann unter einem Platten Gras wachsen? Das geht nicht. Du kannst ewig so sitzen und warten, ein Frühling nach dem anderen kommt und geht… das ist die eine Möglichkeit.

Die zweite ist: Geh das Risiko ein und verliebe dich in eine schöne Frau. Das wird dich in große Aufregung versetzen, dich ekstatisch machen, aber auch schmerzhaft sein. Himmel und Hölle kommen im gleichen Paket. Du wirst ein paar himmlische Momente haben, aber die sind es wert – sie sind es wert, und wenn die ganze Hölle folgt. Sie werden dich eine Lektion lehren.

Auf diese Weise wird man schließlich und endlich zum Buddha. Ohne die Frauen gäbe es keine Buddhas; in diesem Punkt bin ich absolut sicher. Es gäbe keine Religion, keine Buddhas und keine Mahaviras. Die haben wir nur den Frauen zu verdanken.

Viele Frauen stellen mir die Frage: „Warum sind keine Frauen erleuchtet worden?" Wie sollten sie? Wer treibt sie denn in die Erleuchtung? Das ist die Frage. Sie treiben die Männer zur Erleuchtung: Wenn der Mann keinen anderen Ausweg mehr im Leben sieht, wird er erleuchtet, das ist ganz einfach. Ich habe diese Frage noch nie so beantwortet, aber heute dachte ich, dass es endgültig geregelt werden muss.

Fragt mich also nie wieder, warum Frauen nicht erleuchtet werden! Sie brauchen es nicht. Ihre Funktion ist es, die Männer zur Erleuchtung zu treiben; sie wahnsinnig zu machen, damit sie früher oder später anfangen zu meditieren. Früher oder später wollen sie einfach ihre Ruhe haben, sind sie am Ende! Ihre Träume sind zerstört worden, sie sind desillusioniert, und das ist die vornehmste Aufgabe der Frauen – ihnen allein gebührt der Verdienst.

Leute wie Buddha, Mahavir, Laotse und Tschuangtse konnte es nur geben, weil ihnen ständig eine Frau im Nacken saß: Entweder werde erleuchtet oder werde wahnsinnig! Dann haben sie sich für die Erleuchtung entschieden. Sie haben sich gesagt: „Besser, ich werde erleuchtet." Es ist also ganz gut, diese Erfahrung zu machen.

Suche dir eine schöne Frau und stürze dich mit vollem Herzen in die Liebe. Halte nichts zurück. Je tiefer deine Liebe, desto schneller wirst du frei davon. Je leidenschaftlicher du dich hineinbegibst, desto eher kommst du auch wieder heraus.

Aus: I Am That

UNGLAUBLICH! SEIT 25 JAHREN TREU!

Mein Mann liebt mich so total, dass er in seinem ganzen Leben noch an keine andere Frau gedacht hat, und wir leben seit fünfundzwanzig Jahren zusammen. Ich kann es nicht glauben, obwohl es wahr ist. Was sagst du dazu?

ICH KANN ES AUCH NICHT GLAUBEN!

Es gab einmal einen Mann, der Unglaublich mit Namen hieß. Er war mit einer sehr netten Frau verheiratet und die beiden waren ein glückliches Paar. Eines Tages wurde Unglaublich so krank, dass er wusste, er würde nun bald sterben, und so rief er seine Frau zu sich und sagte: „Liebling, ich bin mein Leben lang mit diesem idiotischen Namen herumgelaufen. Nun da ich sterbe, versprich mir eins: Setze diesen Namen ‚Unglaublich' nicht auf den Grabstein. Lass ein Sprichwort oder ein Bild eingravieren – alles, aber nicht meinen Namen. Ich möchte ihn nicht bis in die Ewigkeit behalten."

Die Frau stimmte zu.

Als er gestorben war, ließ sie folgendes auf sein Grab meißeln: „Hier ruht ein treuer Gatte, der nie seine Frau betrog". Von diesem Tag an sagten alle Leute, die an dem Grabstein vorbeigingen und die Inschrift lasen: „Ah, das ist unglaublich!"

Dein Mann ist entweder tot oder geisteskrank. Oder bist du zufällig an einen Buddha geraten? Aber was macht ein Typ wie Buddha bei dir?

> Zwei Freundinnen am Urlaubsstrand beim Gespräch: „Diese jungen halbnackten Dinger sind natürlich eine ständige Versuchung für unsere Ehemänner. "
> „Mag sein", gibt die andere zurück, „aber meinem Mann kann ich absolut vertrauen. Er liebt mich wahnsinnig."
> „Oh", sagt die Erste, „hat er nie einen normalen Moment?"

Wenn ein Mann eine Frau liebt, dann liebt er natürlicherweise auch viele andere Leute; oder wenn eine Frau einen Mann liebt, dann liebt sie auch andere Menschen, denn Liebe kann sich nicht auf eine einzige Person beschränken. Falls überhaupt Liebe da ist, kann sie sich nicht beschränken. Unproblematisch ist es nur, wenn keine Liebe da ist.

Liebe ist wie Atmen. Wenn dir jemand erzählt: „Ich atme nur, wenn ich mit dir zusammen bin, und den Rest der Zeit atme ich nicht", dann traust du ihm nicht. Wie kannst du ihm trauen? Er wäre tot, wenn er ohne dich nicht atmen würde. Liebe ist der Atem deiner Seele.

Aber so haben wir es gemacht: Seit Jahrhunderten haben wir den Leuten diese dummen Ideen eingepflanzt und so viel Unglück in der Welt verbreitet, so viel Eifersucht, Besitzwut, und Hass gesät – völlig grundlos! Wir haben den Leuten diese dumme Vorstellung einprogrammiert, dass Liebe nur zwischen zwei Personen stattfinden kann, also eine Zweierbeziehung sein muss: „Wahre Liebe ist eine Zweierbeziehung. Wenn nicht, ist es keine wahre Liebe..."

Genau das Gegenteil ist der Fall: Wenn es eine Zweierbeziehung ist, ist es nicht die wahre Liebe. Dann ist sie unecht, eine Vortäuschung; dann ist sie nur eine Illusion. Dann machen sich zwei Leute etwas vor und werden sich selbst untreu – nicht nur dem andern, sich selbst auch!

Wie kann ein Mann, der Sinn für Schönheit hat, es vermeiden, die Schönheit der Frauen wahrzunehmen? Und wie kann er es vermeiden, sich für sie zu interessieren? Der einzige Weg ist, seinen Sinn für Schönheit völlig abzutöten. Aber dann ist er auch nicht mehr an seiner eigenen Frau interessiert. Genau das ist passiert: Wegen dieser idiotischen Vorstellung, dass Liebe eine Zweierbeziehung sein muss, gibt es keine Liebe mehr auf der Erde. Die einzige Möglichkeit ist die, dass der Mann die eigene Frau nicht mehr liebt, denn er muss den Drang nach Liebe als solchen abtöten; er muss jeden Sinn für Schönheit unterdrücken und vergessen, dass es so etwas wie Ästhetik überhaupt gibt. Aber dann – vergesst das nicht – kann er seine eigene Frau auch nicht mehr lieben; dann kann er nur noch so tun. Dann muss er leere inhaltslose Gesten machen. Eine Frau, der gesagt wird: „Du darfst nur deinen eigenen Mann lieben und nicht das geringste Interesse an anderen Leuten zeigen", verliert zwangsläufig auch das Interesse am eigenen Mann.

Deshalb verlieren Ehepaare ja auch das Interesse aneinander. Sie streiten sich ständig; sie finden immer neue Ausreden für einen Streit. Aber der wahre Grund für ihre Streitereien ist, dass ihren Lebensenergien nicht erlaubt wird, sich zu entfalten. Aber das wissen sie schon gar nicht mehr. Die Konditionierung ist so uralt. Ihre Eltern sind auf dieselbe Weise konditioniert worden – und die Eltern ihrer Eltern – bis hin zu Adam und Eva. Es ist so sehr Teil von uns geworden, fast schon zum Bestandteil unseres Blutes, es steckt uns derartig in Mark und Knochen, dass wir uns dessen noch nicht einmal bewusst sind. Es ist tief ins Unbewusste eingedrungen. Also sind Ehemänner und Ehefrauen ständig böse aufeinander – mal etwas mehr, mal etwas weniger – und finden immer irgendwelche Ausflüchte, um wütend werden zu können. Sie können nur traurig sein, sie können nur wütend sein – und zwar aus diesem einfachen Grunde. Alle anderen Gründe sind vorgeschoben. Und ich sage nicht, dass sie sich bewusst etwas vormachen – sie sind sich der ganzen Zusammenhänge nicht bewusst.

Die Wahrheit ist schlicht und einfach die, dass ein Mann, der sich zu Schönheit hingezogen fühlt, an vielen Frauen Interesse hat. Eine Frau, die Interesse an Schönheit hat, bleibt an allen möglichen Männern interessiert. Es kann sein, dass sie sich für einen am meisten interessiert; vielleicht so sehr, dass sie mit dieser Person zusammenleben möchte, aber das bedeutet nicht, dass ihr Interesse an anderen Leuten einfach verschwindet; es bleibt vorhanden. Aber wenn du mit deinem Mann oder deiner Frau spazieren gehst und der Mann sagt: „Schau dir diese Frau an, wie schön die aussieht!", dann gibt es sofort Ärger.

So etwas darf er nicht sagen! Nichts ist verkehrt daran, ja, du solltest froh sein, dass dein Mann noch normal und lebendig ist, dass seine Reifen noch nicht völlig platt gefahren sind. Du solltest froh sein, dass er noch jung und frisch ist; dass er sich eine ästhetische Empfänglichkeit bewahrt hat. Es ist nicht nötig, eifersüchtig zu werden. Aber so etwas kann er nicht sagen. Im Gegenteil, er tut, als hätte er die andere Frau überhaupt nicht angeschaut. Aber er hat geguckt – er guckt! Wenn er eine Sonnenbrille trägt, dann nur aus diesem Grund! Er findet Ausreden, sich die Frau anzuschauen. Er fängt an, darüber zu reden, wie schön der Baum aussieht; der Baum interessiert ihn überhaupt nicht, aber die Frau sitzt darunter. Und du weißt ganz genau, warum er sich plötzlich für einen Baum interessiert, für den er noch nie ein Auge gehabt hat. Die Frau kann nicht zu ihrem Mann sagen: „Dieser Mann sieht wirklich gut aus." Dann ist der Mann beleidigt, sein Ego ist verletzt.

Jeder Mensch hat diese Vorstellung: „Niemand ist so schön wie ich", und alle anderen wissen, dass das absoluter Unsinn ist. Jeder ist einzigartig, das ist richtig, aber jeder hat auch ein paar Eigenheiten, die sonst niemand hat. Vielleicht hat der eine schönere Augen als du – du hast vielleicht eine schöne Nase und seine ist hässlich – aber was ist mit seinen Augen? Du hast vielleicht ein schönes Gesicht, aber was ist mit dem wohl proportionierten Körper, den der andere hat?

Die Leute müssen intelligenter werden und einander schätzen lernen. Sie sollten sich helfen, einander zu schätzen. Sie sollten sich gegenseitig sagen können: „Du hast recht – diese Frau sieht schön aus. " So etwas ist doch völlig in Ordnung! Und es wird eure Liebe nicht zerstören, sondern im Gegenteil, es wird sie größer machen und bereichern.

Eine authentische Kommunikation miteinander ist immer eine Bereicherung der Liebe. Immer wenn ihr anfangt zu lügen, immer wenn ihr gezwungen seid, etwas zu sagen, was ihr nicht sagen wollt, und etwas verschweigen müsst, was ihr sagen wolltet, geht die Liebe verloren, weil eine Distanz geschaffen wird. Bitte hilf deinem Mann, wieder lebendig zu werden; sieh zu, dass er wieder normal und empfänglich wird. Du musst einiges zu seiner Abgestumpftheit beigetragen haben. Das ist nicht gut. Das ist ungesund; es ist ein pathologischer Zustand. Wenn er behauptet, dass er an keine andere Frau in seinem ganzen Leben gedacht hat, dann sei dir darüber im Klaren, dass du auch eine Frau bist, nicht mehr, nicht weniger. Nur durch eine Heirat wird aus dir nicht mehr als eine Frau. Und wenn er an keiner Frau mehr interessiert ist – und dieser Erdball ist voll von schönen Frauen –, dann ist er auch an dir nicht mehr interessiert; dann hat er Schluss mit dir gemacht – oder du hast ihn dazu gezwungen. Deshalb sagst du ja auch: *Ich kann es nicht glauben, obwohl es wahr ist.* Du kannst es nicht glauben, weil du natürlich an andere Männer denkst – wie kannst du es glauben? Du träumst immer noch von anderen Männern, wie kannst du glauben, dass dein Mann nicht von anderen Frauen träumt?

Wenn zwei in einem Bett liegen, dann ist es nämlich in der Tat so – und besonders bei Eheleuten –, dass nicht nur zwei da sind, sondern immer vier. Er denkt an eine andere Frau, und sie denkt an einen anderen Mann. Die Frau denkt an Mohammed Ali und der Mann denkt an Sophia Loren – und dann läuft die Sache. Es ist besser, wenn Ehepaare nicht tagsüber ins Bett gehen und selbst in der Nacht das Licht ausschalten, sodass man frei imaginieren kann. Du kannst dir jeden vorstellen, den du willst. Im Grunde ist der Unterschied sowieso nicht groß. Es gibt ein paar verschiedene Modelle mit kleinen Unterschieden hier und da, aber im Wesentlichen besteht kaum ein Unterschied.

Wenn du auf den Grund der Sache stößt, ist es immer das Gleiche, und wenn ein Mann und ein Frau miteinander schlafen, bist du auf den Grund der Sache gestoßen. Du bist am Wesentlichen angelangt, tiefer geht es nicht mehr. Und das ist das Gute an der Natur: dass sie sehr kommunistisch ist, was das Wesentliche anbelangt – keine großen Unterschiede. Alle Unterschiede sind oberflächlich.

Aber es ist völlig in Ordnung, Interesse zu haben. Hilf deinem Mann, er braucht Hilfe, denn nach meinen Erfahrungen mit Tausenden von Paaren ist es immer die Frau, die den Mann kaputtmacht, auch wenn der Mann so tut, als wäre er der Herr im Haus. Das ist er nicht. Und die Frauen sind sich ihrer Macht so absolut sicher, dass sie dem Mann gestatten, über seine Vormacht zu reden, ohne sich im Geringsten darum zu kümmern. Sie sagen: „Rede ruhig. Das ist eine gute Einteilung: Du redest – so viel Freiheit hast du, und wir haben die Sache im Griff."

> Einmal habe ich Mulla Nasruddin besucht, er saß unter seinem Bett. Ich fragte ihn: „Nasruddin, was ist los? Warum sitzt du unter dem Bett?"
>
> Er sagte: „Warum nicht? Ich bin der Herr im Haus; ich kann sitzen, wo ich will."
>
> Dann kam seine Frau und sagte: „Feigling! Komm raus, ich zeig dir, wer der Herr im Haus ist."
>
> Er antwortete: „Niemand kann mich dazu zwingen. Ich bin der Boss hier und kann sitzen, wo ich will."
>
> Nun war die Frau so dick, dass sie nicht unter's Bett kriechen konnte. Ich fragte sie: „Was willst du jetzt machen?"
>
> Sie sagte: „Warte nur ab, bis das Mittagessen fertig ist – dann muss er rauskommen. Unter dem Bett kann er sitzen

und reden, wer der Herr im Haus ist, aber oberhalb des Bettes weiß ich, wer die Sache in der Hand hat."

Hilf deinem armen Ehemann. Du musst ihn kaputtgemacht haben – nicht bewusst, aber unbewusst. Die weiblichen Strategien sind sehr subtil. Mach ein paar Wiederbelebungsversuche, hol ihn aus seinem Grab. Nur dann wird er wieder Interesse an dir zeigen, und er wird dir dankbar dafür sein.

Alle Paare sollten sich darüber im Klaren sein: Einfach dadurch, dass ihr ein Paar seid, habt ihr keine Herrschaft übereinander. Ihr seid Gefährten, Freunde. Und nehmt eure Beziehung nicht als selbstverständlich hin. Sie hat nichts mit Besitztum zu tun. Der Mann oder die Frau sind keine Gegenstände, die man besitzen kann; das sind Menschen, die respektiert werden müssen. Das sind keine Mittel, die man zu irgendwelchen Zwecken einspannt. Die Männer benutzen ihre Frauen als Mittel und die Frauen benutzen ihre Männer als Mittel, und deshalb scheint die ganze Welt ein Jammertal, wo jeder nur unglücklich sein kann.

Dieses ganze Unglück ist unnötig. Neunundneunzig Prozent davon ist unser Werk. Ein Prozent bleibt natürlich immer, weil der Körper seine Schwächen hat – der Körper wird alt, das muss so sein, und manchmal ist er krank und irgendwann muss er sterben – aber das macht nur ein Prozent aus. Und wenn neunundneunzig Prozent des Unglücks aus der Welt geschafft werden, kann dieses eine Prozent akzeptiert werden, freudig akzeptiert werden. Das ist dann kein Problem.

Aus: Tao: The Golden Gate

WAS IST EIFERSUCHT?

Jedes Mal, wenn du von unseren Schwächen sprichst, erwähnst du Wut, Sex und Eifersucht. Was Wut und Sex ist, scheint ziemlich klar zu sein, aber was ist eigentlich Eifersucht genau? Es ist schwer, ihr auf den Grund zu kommen. Bitte, sag uns etwas über Eifersucht.

ES STIMMT, ICH REDE MEHR ÜBER WUT UND SEX ALS ÜBER EIFERsucht. Eifersucht ist nämlich nichts Ursprüngliches; sie ist eine Folge, ein zweitrangiger Teil des Sex. Sobald sich in dir ein sexuelles Verlangen meldet, sobald du dich sexuell angezogen fühlst, hingezogen zu jemandem, taucht Eifersucht auf – weil ihr nicht lieben könnt. Wenn du liebst, kann keine Eifersucht aufkommen. Versuche, das insgesamt zu verstehen. Wenn du in einer sexuellen Beziehung bist, hast du Angst, denn Sex ist im Grunde keine Beziehung, er ist Ausbeutung. Wenn du dich so an eine Frau oder einen Mann bindest, hast du ständig Angst, diese Frau könnte sich einem andern zuwenden, dieser Mann könnte zu einer andern gehen.

In Wirklichkeit ist gar keine Beziehung da. Es ist lediglich beiderseitige Ausbeutung. Ihr beutet euch gegenseitig aus, aber ihr liebt euch nicht; und ihr wisst es – daher die Angst.

Diese Angst wird zur Eifersucht: Ihr könnt einander nichts erlauben; ihr passt scharf auf. Du triffst alle Vorkehrungen, dass dein Mann ja keine andere Frau ansieht. Selbst ein Blick ist schon ein böses Zeichen. Dein Mann sollte nicht einmal reden mit einer anderen, man weiß ja nie… Du hast Angst, er könnte dir weglaufen. Also versperrst du alle Wege, dass dein Mann zu keiner anderen Frau, dass deine Frau zu keinem anderen Mann findet. Alle Wege und Türen werden versperrt.

Aber dadurch entsteht ein Problem. Wenn alle Türen versperrt sind, werden der Mann und die Frau tot sein, Gefangene, Sklaven. Du kannst nicht etwas Totes lieben. Du kannst nicht jemanden lieben, der nicht frei ist. Liebe ist nur schön, wenn sie freiwillig geschenkt wird, wenn sie nicht genommen, gefordert und erzwungen wird.

Erst trefft ihr Sicherheitsvorkehrungen; dann stirbt der andere und wird zum Objekt. Die Geliebte ist ein Mensch, die Ehefrau wird eine Sache; der Geliebte ist ein Mensch, der Ehemann wird ein Ding, das es zu hüten, zu besitzen, zu kontrollieren gilt. Aber je mehr du kontrollierst, umso mehr tötest du. Alle Freiheit ist verloren. Der andere mag aus anderen Gründen bei dir bleiben, aus Liebe jedenfalls nicht. Denn wie kannst du einen Menschen lieben, der dich besitzt? Er ist eher dein Feind.

Sex kreiert Eifersucht; sie ist eine Folge. Es geht also nicht darum, wie du deine Eifersucht loswerden kannst, denn du kannst Sex nicht loswerden. Es geht darum, Sex in Liebe umzuwandeln. Dann verschwindet Eifersucht.

Wenn du einen Menschen liebst, ist die Liebe selbst Garantie genug, ist die Liebe selbst Sicherheit genug. Wenn du einen Menschen liebst, weißt du, dass er zu keinem andern gehen wird. Und wenn, dann geht er eben. Da kannst du nichts ändern. Was kannst du schon tun? Du kannst ihn umbringen, aber eine Leiche nützt dir nichts. Wenn du einen Menschen liebst, vertraust du, dass er sich keinem andern zuwendet. Und wenn er es tut, ist keine Liebe da, und du kannst nichts machen. Zu dieser Einsicht führt Liebe; Eifersucht ist ausgeschlossen. Wenn also Eifersucht da ist, dann wisse: Es ist keine Liebe. Du spielst ein Spiel. Du versteckst Sex hinter Liebe. Die Liebe ist nur aufgesetzt, in Wirklichkeit ist es Sex.

In Indien, wo der Liebe kein Spielraum gelassen wird, wird die Ehe arrangiert – und die Eifersucht. Der Ehemann hat immer Angst. Er hat nicht aus Liebe geheiratet, das weiß er. Die Frau hat immer Angst. Sie hat nicht aus Liebe geheiratet, das weiß sie. Das Ganze ist eine verabredete Sache. Die Eltern, die Astrologen – die Gesellschaft hat die Ehe zustande gebracht. Mann und Frau selbst sind nie gefragt worden. Oftmals haben sie sich nicht einmal gekannt, haben sie sich nie vorher gesehen. Also herrscht Angst. Der Mann hat Angst, die Frau hat Angst, also spionieren sie sich gegenseitig nach. Von Liebe keine Spur. Wie kann Liebe in Angst wachsen? Sie mögen zusammenleben, aber dieses Zusammenleben ist kein wirkliches Zusammenleben. Sie ertragen einander eben so, irgendwie schleppen sie sich weiter. Ihre Ehe ist nützlich, und weil sie nützlich ist, bleibt man zusammen; aber ekstatische Freude ist ausgeschlossen. Was gibt es da zu feiern? Was für ein Fest soll das geben? Es ist eine niederdrückende Last. Ein Ehemann ist schon vor seinem Tod gestorben, eine Ehefrau ist vor ihrem Tod gestorben. Zwei Tote, die sich aneinander rächen, denn jeder hält den andern für seinen Mörder. Rache, Wut, Eifersucht – wie abstoßend.

Im Westen geschieht etwas anderes, eigentlich dasselbe,

nur auf den Kopf gestellt. Dort ist die arrangierte Ehe abgeschafft. Das ist gut so. Das ist eine entbehrliche Einrichtung. Aber dadurch ist nicht etwa Liebe entstanden. Nur der Sex wurde befreit. Und wo freier Sex herrscht, entsteht ebenfalls Angst, denn Sex ist eine kurzfristige Vereinbarung. Du bist für heute Nacht mit einem Mädchen zusammen, gestern war sie bei einem andern, und morgen wird sie bei einem andern sein; nur heute Nacht ist sie bei dir. Wie kann das vertraut und tief werden?

Zwei Oberflächen berühren sich, es kommt zu keiner gegenseitigen Durchdringung, denn dazu gehört Reifezeit. Es braucht Zeit. Es braucht Tiefe, Nähe, Zusammenleben, Zusammensein. Viel Zeit ist nötig. Dann öffnen sich die Tiefen: Tiefen, die miteinander Zwiesprache halten. Es bleibt bei Bekanntschaft. Vielleicht nicht einmal das.

Im Westen kann man eine Frau im Zug kennen lernen, mit ihr schlafen und sie um Mitternacht auf irgendeinem Bahnhof absetzen. Ihr macht's nichts. Sie wird dich kaum wiedersehen. Sie hat dich nicht einmal nach dem Namen gefragt. Wenn Sex etwas so Triviales ist, etwas bloß Körperliches, wo sich nur Oberflächen treffen und trennen, bleiben eure Tiefen unberührt. Auch so geht euch etwas verloren, etwas Großes, etwas sehr Geheimnisvolles, denn ihr werdet eurer eigenen Tiefe nur gewahr, wenn ein anderer an sie rührt. Nur durch den andern wirst du dir deines inneren Daseins bewusst. Nur in einer tiefen Vertrautheit hallt die Liebe des andern in dir wider und ruft deine eigene Tiefe wach. Nur durch den andern entdeckst du dich selbst.

Es gibt zwei Wege, sich zu entdecken. Der eine ist Meditation: Du suchst deine Tiefe ohne den andern.

Der andere ist Liebe: Ihr sucht die Tiefe gemeinsam. Der andere wird zu einer Wurzel, die zu dir hinunterführt. Er formt einen Kreis, in dem beide Liebenden einander helfen.

Je tiefer eure Liebe, umso tiefer fühlt ihr euch. Eure tiefsten Schichten werden offenbart. Aber da gibt es keine Eifersucht. Liebe kann nicht eifersüchtig sein. Das ist unmöglich. Liebe ist immer Vertrauen. Und wenn etwas geschieht, was dein Vertrauen bricht, musst du es hinnehmen. Daran ist nichts zu ändern, denn was du auch tust, es wird den andern zerstören. Vertrauen kann nicht erzwungen werden. Eifersucht will es erzwingen. Eifersucht treibt dich dazu, mit allen Mitteln Vertrauen zu erzwingen. Aber Vertrauen lässt sich nicht erzwingen. Es ist entweder da oder es ist nicht da. Und ich sage: Du kannst nicht darüber befinden. Wenn Vertrauen da ist – gut; wenn es nicht da ist, trennt euch.

Aber kämpft nicht darum, denn sonst verschwendet ihr Zeit und Leben. Wenn du jemanden liebst, und die Tiefe des einen spricht zur Tiefe des andern – wenn sich euer Sein begegnet –, dann ist es gut, dann ist es schön. Wenn es nicht geschieht, trennt euch. Aber schafft keinen Konflikt, keinen Streit, kämpft nicht darum, denn es lässt sich durch Kampf nicht erzwingen, man verschwendet nur seine Zeit. Und nicht nur Zeit; auch deine Liebesfähigkeit nimmt Schaden. Du könntest mit andern wieder das gleiche Spiel anfangen und das ganze Muster wiederholen.

Wenn kein Vertrauen da ist, trennt euch, je eher, je besser, damit ihr euch nicht zerstört, damit ihr keinen Schaden nehmt, damit eure Liebesfähigkeit erhalten bleibt und ihr einen andern lieben könnt. Du bist am verkehrten Ort, das ist nicht der Mann, das ist nicht die Frau für dich.

Trennt euch, aber zerstört euch nicht. Das Leben ist sehr kurz und unsere Fähigkeiten sind sehr zerbrechlich. Sie können zerstört werden. Und wenn sie zerstört sind, können sie nicht wiederhergestellt werden.

> Ich habe gehört, dass Winston Churchill einmal eingeladen wurde, vor einem kleinen Club von Freunden zu sprechen. Jeder wusste, dass Churchill ein ordentlicher Trinker war. Der Präsident des Clubs sagte zur Einführung: „Wenn wir allen Wein, den Sir Winston in seinem Leben schon getrunken hat, in diese Halle füllten, der Wein stünde mir bis zum Hals.“
> Winston Churchill stand auf, sah auf die gedachte Linie, schaute zur Decke hoch, wurde ganz traurig und sagte: „Noch so viel zu tun, und so wenig Zeit.“

Das gilt auch für die Liebe: noch so viel zu tun für jeden, und so wenig Zeit dazu. Verschwendet nicht eure Energie in Streit, in Eifersucht und Kampf. Trennt euch auf freundliche Weise. Suche woanders nach dem Menschen, der dich lieben wird. Halte dich nicht am Falschen fest, der nicht für dich bestimmt ist. Werde nicht wütend. Es hat keinen Sinn. Versuche nicht, Vertrauen zu erzwingen. Niemand kann es erzwingen, es geht nicht. Du verschwendest Zeit, du verschwendest Energie, und wenn sich nichts ändern lässt, werde dir dessen bewusst und zieh weiter. Entweder vertraue – oder zieh weiter. Liebe vertraut immer. Oder wenn sie merkt, dass Vertrauen nicht möglich ist, zieht sie weiter, auf freundliche Weise. Es kommt nicht erst zu Streit und Kampf. Sex erzeugt Eifersucht. Suche, entdecke die Liebe.

Mache den Sex nicht zur Hauptsache. Er ist es nicht. Indien hat es mit der arrangierten Ehe falsch gemacht und der Westen mit seiner freien Liebe. Indien verlor die Liebe, weil die Eltern zu schlau und berechnend waren. Sie wollten Liebe nicht zulassen: Das ist gefährlich; niemand weiß, wohin sie führt. Sie waren zu klug, und aus Berechnung verlor Indien jede Möglichkeit zur Liebe.

Der Westen ist zu rebellisch, zu jugendlich; nicht zu klug – zu unreif, zu kindisch. Er hat die Liebe zu einer billigen Ware gemacht, die überall angeboten wird: Was brauchst du dich um Liebe zu scheren? Genieße den Sex, was soll's!

Mit seinem Sex liegt der Westen schief. Mit seiner Ehe liegt der Osten schief. Aber wenn du wach bist, brauchst du weder östlich noch westlich zu sein. Liebe ist weder östlich noch westlich. Forsche der Liebe in dir nach. Und wenn du liebst, wird früher oder später der andere kommen. Denn ein liebendes Herz kommt früher oder später zu einem anderen liebenden Herzen. Es geschieht immer so. Du wirst den richtigen Menschen finden. Aber solange du eifersüchtig bist, nicht. Wenn es dir nur um Sex geht, nicht. Wenn es dir nur um Sicherheit geht, nicht.

Liebe ist ein gefährlicher Pfad, und nur wer Mut hat, kann ihn gehen. Und ich sage euch: Es ist das Gleiche, es ist genau das Gleiche wie bei der Meditation – ein Pfad, den nur Mutige gehen können. Und nur zwei Wege führen zum Göttlichen: Meditation oder Liebe. Finde heraus, welcher dein Weg ist, welcher dir bestimmt ist.

Aus: Roots and Wings

ENTHALTSAMKEIT BRINGT NICHTS

Love.
Dein Brief ist eingetroffen.
Du fragst wegen Sex.
Auch diese Energie gehört Gott
und kann ebenfalls durch Meditation umgeformt werden.

Keine Energie ist schlecht,
aber man kann natürlich verkehrt mit ihr umgehen.
Wenn die Sexenergie nach oben fließt,
wird sie zu *Brahmacharya* – zur Befreiung vom Sex.
Es ist gut, dass du dich vom Sex allmählich frei machst,
aber das genügt noch nicht.
Du musst durch ihn hindurchgehen,
um ihn umzuformen.
Abkehr lässt dich einfach
nur trocken und unfruchtbar werden.

Es ist richtig, dass du im Sexleben nicht allein bist,
aber Sex gehört eigentlich gar nicht zum Körper,
sondern ist eine Erscheinungsform des Geistes.
Wenn der Geist sich völlig verändert,
berührt das auch den andern,
und jemand, der so intim mit dir verbunden ist,
wird schnell davon berührt.

Bis wir uns sehen,
behalte Folgendes im Sinn:
Es darf keine vorsätzliche Ablehnung des Sex geben.
Eine absichtliche Enthaltsamkeit bringt nichts.

Bleib bewusst, während du im Liebesakt bist,
bleib in dieser Situation Zeuge;
wenn man im Zustand der Meditation,
der „rechten Achtsamkeit" ist,
dann lässt sich die Sexenergie mit Erfolg umformen.

Wir werden mehr davon reden, wenn wir uns sehen.
Brahmacharya ist eine ganze Wissenschaft für sich,
und viele Tore zur Seligkeit öffnen sich auf diesem Pfad.

Trotzdem – das Allererste ist eine freundliche Haltung
allen Energien gegenüber, die man hat.
Feindschaft gegen sie
führt zu keiner spirituellen Revolution,
sondern zur Selbstzerstörung.

Aus: Love. Briefe an Schüler und Freunde

LIEBE, HEIRAT, EHE – UND DANN?

Was ist das Geheimnis, verheiratet zu sein und doch glücklich zu bleiben?

DAS IST UNMÖGLICH! DAS HAT ES NOCH NIE GEGEBEN, UND es liegt in der Natur der Dinge, dass es nicht geschehen kann. Die Ehe ist gegen die Natur. Es ist etwas Aufgesetztes, eine Erfindung des Menschen – sicherlich aus Notwendigkeit heraus, aber selbst diese Notwendigkeit besteht heute nicht mehr. In früheren Zeiten waren Ehen ein notwendiges Übel. Heute können wir darauf verzichten. Der Mensch hat genug darunter gelitten, mehr als genug. Es ist eine hässliche Institution, aus dem einfachen Grunde, weil Liebe nicht legalisiert werden kann. Liebe und Gesetz sind gegensätzliche Phänomene.

Heirat ist ein Versuch, die Liebe zu legalisieren, und wird aus Angst geboren. Es ist ein Gedanke an die Zukunft, an das Morgen. Der Mensch denkt dauernd an die Vergangenheit und an die Zukunft, und mit diesem ständigen Denken an die Vergangenheit und die Zukunft zerstört er seine Gegenwart. Aber die Gegenwart ist die einzige Realität.

Man muss in der Gegenwart leben. Die Vergangenheit muss sterben, und man muss sie sterben lassen. Ein wahrhaft intelligenter Mensch blickt nie zurück; er kümmert sich nicht um die Vergangenheit, denn was vorbei ist, ist für immer vorbei. Und er denkt auch nie an die Zukunft, denn das, was nicht ist, ist eben noch nicht. Und er weiß, dass er in der Lage sein wird, entsprechend zu reagieren, wenn die Situation gekommen ist. Warum sich also schon jetzt darüber Gedanken machen? Warum Antworten vorfabrizieren – auf Fragen, die noch nicht gestellt wurden? Und alle eure vorgefertigten Antworten werden sich als unpassend herausstellen, denn das Leben verändert sich ständig. Das Leben ist immer eine Überraschung, es ist nicht vorhersagbar.

Aber die Menschen denken, dass sie ausgesprochen schlau sind, wenn sie für die Zukunft vorsorgen. Du liebst eine Frau oder einen Mann, aber was ist mit der Zukunft? Morgen kann die Frau sich in einen andern verlieben. Wenn sie sich in dich verlieben kann, warum soll sie sich dann nicht in einen andern verlieben können? Du weißt es, es ist dir bewusst: „Sogar in mich hat sie sich verliebt, also ist es sehr gut möglich, dass sie sich auch in jemand andern verlieben kann." Nun musst du zusehen, dass du sie davon abhältst, sich in jemand andern zu verlieben, sodass dein Morgen sicher und geschützt ist, sodass du sie auch morgen noch benutzen kannst. Ob die Liebe bleibt oder nicht, auf jeden Fall hast du den Körper der Frau. Die Seele interessiert dich nicht besonders; denn das Gesetz kann die Seele nicht einschränken, Gesetze können nur Schranken für den Körper errichten. Kein Gesetz reicht über den Körper hinaus, aber Gesetze können deine Frau einschränken, sie auf vielfache Weise bestrafen.

Noch etwas anderes: Du hast nicht nur Angst vor deiner Frau, du hast auch vor dir selbst Angst – und zwar noch mehr. Wenn du dich in diese Frau verlieben kannst, kannst du dich auch in eine andere verlieben. Du weißt, dass du in Gedanken ständig mit anderen Frauen beschäftigt bist. Du weißt, dass die Wahrscheinlichkeit groß ist, dass du schon morgen das Interesse an deiner Frau verlierst. Ja, es ist so gut wie sicher, nicht nur wahrscheinlich. Also fürchtest du dich vor dir selbst: Du könntest entfliehen, du könntest davonlaufen.

Aber du möchtest dich an sie klammern, denn diese Frau kümmert sich um dich, sie ist bequem für dich, sie tröstet dich im Leben, sie ist in vieler Hinsicht wie eine Mutter zu dir, sie ist Nahrung. Du hast vielleicht Angst davor, sie zu betrügen. Du hast Angst vor deinem eigenen Denken, deinem eigenen Unterbewusstsein, das dich überall hinführen kann. Und du hast ihr versprochen, immer bei ihr zu bleiben, sie auf ewig zu lieben. Jetzt fürchtest du, deine Versprechen nicht halten zu können. Dein Ego fühlt, dass es nur eines bedeutet, wenn du diese Versprechen brichst: Du wirst dir niemals mehr verzeihen können. Sie werden als schweres Gewicht auf dir liegen bleiben, sie werden Schuld verursachen.

Und die Frau befindet sich genau in der gleichen Situation. Deshalb sind Ehen ein notwendiges Übel, und Mann und Frau planen gemeinsam für die Zukunft. Aus Angst vor sich selbst haben sie die Hilfe des Gesetzes, der Gesellschaft, der Konventionen, der Respektspersonen in Anspruch genommen. Sie haben Tausende von Barrikaden um sich herum aufgerichtet, nur damit sie zusammenbleiben. Aber wenn – und dieses „Wenn“ ist kein Geringes, es ist ein riesiges „Wenn“ – wenn morgen etwas geschieht, dann wird dein Leben unglücklich. Und morgen wird etwas passieren!

Nichts bleibt, wie es ist. Das Leben bleibt nie gleich, nicht einmal für zwei aufeinander folgende Augenblicke. Über die Zukunft kann man nichts sagen, sie bleibt unbekannt, unkennbar, unvorhersagbar.

Da hilft keine Astrologie, keine Handleserei, da hilft es nicht, die Tarotkarten zu legen, und kein I Ging – da hilft rein gar nichts. Der Mensch hat auf jede erdenkliche Weise versucht, Gewissheit über seine ungewisse Zukunft zu erlangen, aber es ist unmöglich. Das Wesen der Zukunft ist unbekannt; es bleibt unbekannt und offen. Und so verschließt du dich gegenüber allen Möglichkeiten. Du machst alle Türen und Fenster zu. Aber dann meinst du, ersticken zu müssen, und wirst wütend und bist in einem ständigen Konflikt. Du wirst wütend auf die Frau, die du einst geliebt hast, einfach deshalb, weil es jetzt schwierig ist, aus diesem Gefängnis zu entrinnen. Du hast dich selbst ins Gefängnis gebracht, und die einzige Möglichkeit darin weiterzuleben ist, so unsensibel wie möglich zu werden, so lieblos wie möglich, so unaufrichtig wie möglich, so leblos wie möglich.

Deshalb sterben die Leute so früh. Begraben werden sie vielleicht erst vierzig, fünfzig Jahre später, aber gestorben sind sie schon mit etwa dreißig. Zu diesem Zeitpunkt, wo ihre Liebe zu sterben beginnt, sterben sie auch selbst, denn Leben ist Liebe.

Aber Liebe ist nicht Gesetz. Leben ist nicht Gesetz. Leben ist nicht Logik. Liebe ist nicht Logik. Das Leben ist grundsätzlich unsicher, und darin liegt seine Schönheit.

Deshalb kann die Ehe meines Erachtens nicht auf die althergebrachte Art fortbestehen. Nicht im kommenden Zeitalter, nicht mit der neuen Reife, die der Mensch erlangt hat. Alles muss beweglicher werden, und das bedeutet, dass die Ehe nicht länger eine Institution sein kann. Die Leute werden zusammenleben, sie brauchen sich gegenseitig … Männer und Frauen sind Hälften eines Ganzen, sie brauchen sich von Natur aus. Zusammen sind sie ein Ganzes, sie ergänzen einander – aber sie werden aus Liebe zusammenleben, nicht, weil irgendein Gesetz es gebietet. Sie werden aus Freiheit zusammenleben, nicht aus Bindung.

Mit dem Verschwinden der Ehe als Institution wird sich das gesamte Gefüge der Gesellschaft verändern – und nur so. Denn sobald es keine Heirat mehr gibt, verschwinden automatisch auch eine ganze Menge anderer Dinge. Die Familie wird nicht mehr dieselbe sein; an die Stelle der Familie tritt die Kommune, das ist unvermeidlich. Und die Kinder werden nicht mehr Personen gehören, sondern der Kommune. Sie werden also kein großes Problem mehr sein; denn Kinder waren schon immer ein Problem: Was wird aus ihnen, wenn die Eltern auseinander gehen? Die Kinder bleiben in einem Niemandsland zurück, etwas muss für sie getan werden. Und die Ehe bestand nur deshalb weiter, weil man die Kinder schützen musste. Man muss sich um sie kümmern, sie sind hilflos. Man hat die Verantwortung. Liebe wird zur Pflicht, zur Verantwortung, und in dem Moment, wo Liebe zu Pflicht und Verantwortung wird, verliert sie alle Poesie. Sie wird reine Berechnung. Dann ist sie ein Kompromiss, du musst sie irgendwie zurechtrücken, und das Leben wird dir zur Last.

Wir stehen vor einer ungeheuren Revolution. Und das Verschwinden der Ehe als Institution wird diese Revolution möglich machen. Sobald die Kinder nicht mehr einzelnen

Personen gehören, werden sie großzügiger sein, werden sie menschlicher sein. Nicht Hindus, Muslime oder Christen werden sie sein, denn sie gehören keinem bestimmten Elternpaar an, von dem sie konditioniert werden, sondern der Kommune. Und sobald sie der Kommune angehören, machen sie mehr Erfahrungen mit Menschen. Jedes Kind kommt in Kontakt mit einer Vielzahl von Frauen, die ihm Mutter oder Tante sein können, mit vielen Männern, die ihm Vater oder Onkel sein können, vielen Kindern, die ihm Bruder und Schwester sein können.

So wie es jetzt ist, kann ein Kind nur sehr begrenzte Erfahrungen machen. Jedes Kind wird von einer bestimmten Frau großgezogen, und der Eindruck dieser Frau hängt dem Kind für den Rest seines Lebens nach; er prägt sich ein.

Und dann sucht er immer nach derselben Frau. In jeder Geliebten sucht er eigentlich nur seine Mutter, die er natürlich nicht finden kann. Wo soll er die Mutter finden? Es gibt keine zwei Menschen auf der Welt, die einander gleich sind. Er wird seine Mutter niemals finden, aber in jeder Geliebten, jeder Ehefrau nach ihr suchen.

Und dasselbe gilt für die Frau: Sie sucht in jedem Geliebten, jedem Ehemann nach ihrem Vater und kann ihn nicht finden, aber sie hat ihre Vorstellung. So wie sich die Frau einen Mann vorstellt, ist es nichts anderes als ihr Bild vom Vater, und so wie sich der Mann die Frau vorstellt, ist es nichts anderes als sein Bild von der Mutter. Sie werden diese Vorstellungen nie verwirklicht finden; deshalb die Frustration, deshalb die ständige Verzweiflung, das Unglück, der Misserfolg, der Schmerz. Ein Kind, das von verschiedenen Frauen in einer Kommune großgezogen wird und in Kontakt mit vielen Männern und Frauen kommt, hat keine bestimmte Vorstellung; sein Bild bleibt unbestimmt. Es ist sich nicht sicher darüber, wie ein Mann oder eine Frau sein sollte. Seine Vorstellung von einer Frau ist reich an Bildern, und dann ist es viel eher möglich, dass es später einen Partner findet, mit dem es ein erfülltes Leben führen kann. Eines der größten Leiden ist, dass ihr ständig auf der Suche nach jemandem seid, den ihr nicht finden könnt. Es scheint, als sei niemand gut genug, nichts kann euch je befriedigen.

Aber wenn du nicht auf eine Familie beschränkt bist, wirst du auch nicht das verrottete Erbe der Familie mit dir herumtragen. Normalerweise machen Hindu-Eltern ihre Kinder zu Hindus, und ein Hindu-Kind muss zwangsläufig gegen die Muslime sein, gegen die Christen, gegen jeden. Und dasselbe gilt für die Juden, die Christen, die Muslime. Wenn ein Kind mit vielen verschiedenen Leuten in einer Kommune lebt und sich mit der ganzen Kommune im Einklang fühlt …

Seht euch zum Beispiel Siddharta an, hier in dieser Kommune. Er führt ein absolut freies Leben. Klein wie er ist, hat er doch jede Freiheit. Er klammert sich überhaupt nicht an seine Mutter oder seinen Vater. Er freundet sich mit allen möglichen Erwachsenen an und lebt mit ihnen. Er hat so viel Freunde. Er formt sich Vorstellungen von so vielen Leuten, dass sein Menschenbild zwangsläufig unbegrenzt sein wird.

Er fragte mich – er lebt im Kinderhaus, wo nur Kinder leben – er fragte mich: „Osho, ich will mit richtigen Männern zusammenleben, nicht mit Kindern. Mir reicht es. Ich hab' lange genug mit Kindern gelebt." Also habe ich ihn zu

Govindadas geschickt und ein paar anderen Sannyasins. Aber sie haben sich beschwert: „Mal kommt er nachts um zwölf nach Hause, mal um eins, manchmal wird es zwei. Das ist zu viel für uns! Er geht auf Parties, ins Theater und in die Diskothek, und er stört uns dauernd! Und dann nimmt er das ganze Zimmer in Anspruch – als würde es ihm gehören und wir wohnten nur darin. Seine Sachen hat er über den ganzen Raum verteilt, überall ist nur sein Spielzeug! Also bitte", sagten sie, „steck ihn woanders hin!"

Ich sagte ihm, er solle zu seiner Mutter ziehen, zu Neerja. Da sagte er: „Das ist der letzte Platz, wo ich hingehen möchte! Aber wenn du es sagst, dann gehe ich dahin."

Also sah er sich gezwungen, dahin zu gehen und wenigstens ein paar Tage bei seiner Mutter zu bleiben. Er hat schon mit vielen Familien und vielen Paaren gelebt und schließt Freundschaften, wo er auch hingeht. Und er hat so viele Freunde, dass ihm nie das Geld ausgeht – er fragt nämlich jeden. Sattva war früher einmal mit Neerja zusammen, die Beziehung ist jetzt zu Ende, aber die Liebe, die zwischen Sattva und Siddharta entstanden ist, geht weiter. Sie sind immer noch Freunde und Sattva muss ihm immer noch Geld geben. Jeden Tag kommt Siddharta an und sagt: „Ich brauche fünf Rupies oder zehn Rupies." Eines Tages sagte Sattva: „Ich habe kein Geld mehr" und Siddharta sagte: „Du kannst mich fragen." Dann holte er sich von irgendwoher fünf Rupies und gab sie ihm. „Warum fragst du mich nicht? Ich habe so viele Freunde, ich bring dir so viel Geld, wie du willst."

Nun, dieses Kind wird ein völlig anderes Kind sein. Es hat mit Juden, Christen und Hindus zusammengelebt und wird durch nichts konditioniert sein. Es wird keinerlei Prägung haben. Sein Wesen wird ungeheure Möglichkeiten der Entfaltung kennen.

Das ist meine Vorstellung von Kindererziehung, und dann wird es keine dieser hässlichen religiösen Konflikte mehr auf der Welt geben, keine Kriege, kein Blutvergießen, nicht diesen hässlichen Fanatismus und diese faschistischen Ideologien. All dies ist Nebenprodukt der Kleinfamilie, und die Familie baut auf der Ehe auf. Es ist in der Tat so, dass mit dem Verschwinden der Familie auch die Nationen verschwinden werden – und die Religionen werden verschwinden, die Staaten werden verschwinden, und die Kirchen werden verschwinden.

Das ist der Grund, warum die Nationen, die Kirchen, warum sie alle für die Ehe sind und sie preisen, als sei sie etwas Göttliches, etwas Heiliges. Sie ist das Hässlichste, was es auf der Erde gibt. Und man sagt den Leuten: Woher sollen die Kinder Liebe bekommen, wenn nicht geheiratet wird? Sie werden mehr geliebt! Kein Mensch hindert die Eltern daran, ihre Kinder zu lieben, aber sie werden auch für die Liebe von anderen empfänglich sein. Sie werden nicht abhängig sein, sondern lernen, unabhängig zu sein. Sie werden von Anfang an mit einem neuen Freiheitsgefühl vertraut, und das ist es, was wir brauchen. Die ganze Geschichte der Menschheit besteht aus religiösen Kriegen, einfach deshalb, weil jeder konditioniert wird, und wenn man einmal konditoniert ist, ist es schwer, dies wieder loszuwerden. Ich weiß, wie schwer es ist, denn das ist meine ganze Arbeit hier – euch zu entkonditionieren. Es dauert Monate, Jahre, und ihr sträubt euch sehr, ihr wehrt euch mit allen Mitteln dagegen, denn die Konditionierung ist euer Ego.

Du fragst: *Was ist das Geheimnis, verheiratet zu sein und doch glücklich zu bleiben?*

Ich weiß es nicht. Niemand hat es je gewusst. Meinst du, Jesus wäre unverheiratet geblieben, wenn er dieses Geheimnis gekannt hätte? Er kannte das Geheimnis vom Himmelreich Gottes, aber nicht, wie man glücklich bleibt, wenn man verheiratet ist. Er hat nie geheiratet.

Mahavir, Laotse, Tschuangtse – keiner von diesen Leuten hat geheiratet, und zwar aus dem einfachen Grund, dass es dieses Geheimnis nicht gibt. Wenn es das gäbe, hätten diese Leute es entdeckt. Sie entdeckten die Höchste Wahrheit – die Ehe ist keine große Sache, sehr oberflächlich –, bis zu Gott sind sie vorgedrungen, aber nicht bis zur Heirat.

Sokrates war verheiratet und hat sein Leben lang gelitten. Er entdeckte durch die Heirat nicht das Geheimnis, wie man glücklich bleibt, er entdeckte nur, dass es besser gewesen wäre, wenn er nicht geheiratet hätte. Aber in Griechenland hat sich nie ein Laotse oder ein Jesus ereignet; Jesus musste erst noch kommen, fünfhundert Jahre nach Sokrates. Sokrates war ein Zeitgenosse von Laotse und Mahavir, aber er wusste nichts von ihnen, weil es zu der Zeit keine weltweite Kommunikation gab. Also bestimmte alles, was damals Sitte war, sein Leben. Mohammed hat nicht nur eine Frau geheiratet, er hat neun Frauen geheiratet. Man hat mich schon oft gefragt: „Was ist mit Mohammed?“ Ich kenne das Geheimnis von Mohammed, aber nicht das, wie man glücklich bleibt, wenn man verheiratet ist. Wenn du neun Frauen hast, dann zanken sie sich andauernd und du hast deine Freiheit. Mohammed brachte es fertig und sagte zu seinen Anhängern: „Heiratet mindestens vier Frauen.“ Deshalb dürfen

Muslime also vier Frauen heiraten. Vier Frauen genügen, um sich miteinander zu streiten, und der Ehemann bleibt verschont. Krishna hat es am besten gemacht: Er hat sechzehntausend Frauen geheiratet! Dann kann man sich natürlich leicht aus dem Staub machen. Sechzehntausend Frauen! Wer kümmert sich da noch um Krishna, wo er wohl hin ist? Da ist ein solches Getöse und Gezanke, und in dieser nebligen, verrauchten Atmosphäre kann Krishna sich sonst wohin verkrümeln. Er kann sogar mittendrin sitzen und meditieren, ohne dass sich irgendjemand um ihn kümmert. Sie sind alle mit ihren Saris und ihrem Schmuck beschäftigt.

Buddha hat geheiratet, aber dann ist er weggelaufen. Er hatte eine schöne Frau, Yashodara, aber er lief ihr davon. Erst nach zwölf Jahren, als er erleuchtet war, kam er wieder nach Hause. Ja, wenn du erleuchtest bist, kannst du überall glücklich sein, selbst in der Ehe, aber kein Erleuchteter hat je nach seiner Erleuchtung geheiratet.

Zwei Freundinnen begegnen sich.
„Hallo Luise. Was macht deine große Liebe? "
„Die ist vorbei", entgegnet sie traurig.
„Vorbei? Wieso denn?"
„Wir haben geheiratet."

Zwei Freunde unterhalten sich.
„Ich habe eine Annonce in die Zeitung gesetzt: „Suche Ehefrau", sagt der eine.
„Haben dir viele Frauen geantwortet?", fragt der andere.
„Nur ein paar Frauen... aber jede Menge Ehemänner!"

Die Frau verlässt ihren Ehemann zum fünften Mal und der Mann setzt hastig eine Annonce in die Zeitung: „Komm nicht zurück, und alles ist vergeben."

Es gab eine weise alte Frau, die, als die Leute fragten, warum sie nie geheiratet habe, zur Antwort gab: „Heiraten? Wozu? Ich habe einen Hund, der schnarcht, einen Papagei, der nur schmutzige Ausdrücke kennt, und eine Katze, die die ganze Nacht nicht nach Hause kommt. Wozu brauche ich einen Ehemann?"

Der eifersüchtige Ehegatte beauftragt einen Detektiv, um herauszufinden, ob seine Frau ihn betrügt. Nach einigen Tagen kommt der Detektiv mit einem Filmstreifen zurück, der die Frau und den besten Freund vergnügt beim Schwimmen, Tanzen und im Bett beim vergnügten Liebesspiel zeigt. Während der Vorführung ruft der Ehemann immer wieder aus: „Ich kann's nicht glauben! Ich kann's nicht glauben!"
„Ich habe ihnen doch die Beweise geliefert", sagt der Detektiv leicht verärgert.
„Nein, das meine ich nicht", erwidert der Ehemann. „Ich kann einfach nicht glauben, dass jemand so viel Spaß mit meiner Frau haben kann."

Im Himmel sind alle ruhig und still, bis auf Paolo, der andauernd sagt: „Welch ein Friede hier! Welch ein Friede hier!"
Schließlich wird es selbst Petrus zu viel und so schickt er Paolo eines Tages ins Fegefeuer.

> Aber auch dort hört Paolo nicht auf: „Welch ein Friede hier! Welch ein Friede hier!"
> Er geht allen auf die Nerven und man beschließt, ihn in die Hölle zu werfen. Aber selbst in der Hölle, inmitten der Flammen und von Teufeln umringt, ruft er immer wieder aus: „Welch ein Friede hier! Welch ein Friede hier!"
> Schließlich ruft Beelzebub ihn zu sich und fragt nach dem Grund für sein Verhalten. „Ich schwöre dir, Beelzebub", sagt Paolo, „das würdest du auch sagen, wenn du fünfzig Jahre mit meiner Frau gelebt hättest."

Liebe genügt. Lebt nur aus Liebe heraus. Vielleicht hält sie lange an, vielleicht vergeht sie, aber kümmert euch nicht darum, ob sie lange hält oder nicht. Selbst wenn sie nur einen einzigen Moment dauert, vermittelt sie auch einen Geschmack der Ewigkeit. Und wenn ihr keine Angst habt, wird die Wahrscheinlichkeit größer, dass sie länger hält, denn Angst ist Gift, Angst vergiftet alles.

Wenn du dir keine Sorgen um das Morgen machst, kannst du das Heute mit solcher Totalität leben, dass aus dieser Totalität ein wunderbares Morgen entsteht. Aber wenn du Angst vor dem Morgen hast, zerstörst du dir damit vielleicht den heutigen Tag. Und woraus soll der morgige Tag hervorgehen, wenn du den heutigen Tag schon kaputtgemacht hast? Lebt furchtlos! – das ist eine meiner grundsätzlichen Botschaften an meine Sannyasins – und: Lebt gefährlich. Macht keine Kompromisse wegen irgendwelcher Bequemlichkeiten, Annehmlichkeiten. Es ist besser, in Unannehmlichkeiten zu leben, aber zu leben, als es bequem zu haben und tot zu sein. Damit könnt ihr warten – im Grab habt ihr den perfekten Komfort und seid außer Gefahr. Da kann nichts passieren, da ist es ungefährlich. Ihr könnt nicht noch mal sterben, nicht krank werden, niemand kann euch verlassen, ihr könnt nicht bankrott gehen und nicht bestohlen werden. Ihr werdet in vollkommenem Frieden ruhen. Ihr kennt ja die Grabsteine, auf fast jedem Grabstein steht geschrieben: „Ruhe in Frieden“. Was kann man sonst machen?

Ein Mann starb. Er hatte sich seinen eigenen Grabstein gemacht, ein schönes Kunstwerk – weil er sich auf seine Frau nicht verlassen konnte. Die Frau war so geizig, dass sie wahrscheinlich einen ganz normalen Grabstein aufgestellt hätte. Er hatte den teuersten Marmor gekauft und den größten Künstler gebeten, Rosenblüten und die Inschrift: „Ruhe in Frieden“ einzumeißeln.

Nach seinem Tode entdeckte seine Frau, dass er ihr keinen Pfennig hinterlassen hatte. Als das Testament geöffnet wurde, stand dort nur ein einziger Satz:

„Ich war ein weiser Mann, deshalb habe ich alles ausgegeben, was ich hatte. Ich habe niemandem etwas zurückgelassen.“

Die Frau kochte vor Wut. Sie ging mit dem Künstler zum Grab und beauftragte ihn, noch ein paar Worte hinzuzufügen: „Ruhe in Frieden – bis ich komme!“

Aber hab keine Angst, selbst Ehefrauen können nicht ins selbe Grab kommen. Sie haben ihr eigenes Grab. Und selbst wenn sie kommen, erkennen sie dich nicht wieder, und du sie auch nicht. Im Grab kannst du in Frieden ruhen und in absoluter Sicherheit. Aber solange du lebst, sei lebendig. Akzeptiere alle Unsicherheit. In diesem Akzeptieren allein verschwindet deine Unsicherheit, ohne irgendwelche Kompromisse deinerseits. Liebe total, aber frag nicht nach Dauerhaftigkeit. Nur Dummköpfe verlangen nach Dauerhaftigkeit. Und vergiss eines nicht: Wenn du nach Dauerhaftigkeit fragst, bekommst du nur die unechten Dinge; nur unechte Dinge sind dauerhaft. Echte Rosen müssen früher oder später welken, nur Plastikblumen sind haltbar; sie welken nicht. Aber sie verbreiten auch keinen Duft, sie haben kein Leben, sie sehen nur nach außen hin wie Rosen aus.

Die Ehe ist eine Plastikrose; Liebe ist eine echte Rose. Lasst echte Rosen in eurem Leben wachsen. Natürlich verwelken sie – na wenn schon! Ihr könnt sie wieder neu aufblühen lassen und immer wieder aufs Neue. Ihr könnt mehr und mehr Liebe in euer Leben bringen, mehr und mehr mit immer mehr Leuten teilen.

Das ist meine Erfahrung – und alles, was ich sage, entstammt meiner Erfahrung: Wenn ihr rückhaltlos lieben könnt, ohne jedes Verlangen nach Dauerhaftigkeit, wird selbst das Unmögliche möglich. Dann kann eure Liebe für lange Zeit halten – womöglich euer ganzes Leben lang. Aber wünscht nicht, dass sie von Dauer sein soll. Mit dem Wunsch als solchem habt ihr das Ganze zerstört. Ihr seid vom Wirklichen zum Unwirklichen übergegangen. Lebt mit Totalität!

„Totalität" ist mein Schlüsselwort, und bis jetzt war „Dauerhaftigkeit" immer das Schlüsselwort.

Man hat euch eingeredet, dass eure Liebe von Dauer sein muss, nur dann ist es wahre Liebe. Wenn sie vergeht, war sie nicht echt. Das ist absoluter Quatsch! Wahre Liebe hat überhaupt nichts mit Dauer zu tun, da besteht keine notwendige Verbindung. Sie kann für einen einzigen Moment entstehen; sie kann wie ein Blitz vorübergehen, aber das soll nicht heißen, dass ein Blitz unecht ist, weil er nur einen Moment lang existiert.

Eine Rose öffnet sich am Morgen und am Abend sind ihre Blätter schon wieder abgefallen, verwelkt, zur Erde zurückgegangen. Das bedeutet nicht, dass die Rose nicht echt war.

Aber die Priester haben euch immer und immer wieder eingeredet, dass der Prüfstein für etwas wirklich Wahres seine Dauerhaftigkeit ist. Sie haben euren Blick vom Echten abgelenkt und auf die Dauer der Dinge gerichtet, aber sobald ihr euch an das Dauerhafte klammert, handelt ihr euch gezwungenermaßen etwas Falsches ein und verliert das Echte aus den Augen. Das Echte verändert sich, verändert sich unentwegt. Nur das Unechte bleibt gleich. Ihr müsst offen bleiben für das ewig Veränderliche.

Selbst wenn ihr nur für einen einzigen Moment liebt, seid total dabei. Wenn ihr total dabei sein könnt, ergibt sich der nächste Moment aus dieser Totalität. Dann ist es möglich – ich sage nicht, dass es sicher ist, sondern nur, dass es möglich ist –, dass der nächste Moment eure Liebe vertieft. Aber sie bleibt nicht gleich; entweder vertieft sie sich oder sie verschwindet, aber sie wird nie wieder, wie sie einmal war. Keine zwei Momente gleichen einander; sie können sich nicht gleichen. Und darin liegt die Schönheit des Lebens, darin liegt das unglaubliche Abenteuer des Lebens: dass es immer überraschend ist, immer unerwartete Wendungen nimmt. Wenn du dein Leben mit Totalität lebst, kann es sein, dass die Dinge sich vertiefen, aber vergiss nicht: Wenn

Dinge sich vertiefen, bleiben sie nicht gleich. Wenn du an Dauerhaftigkeit denkst, hast du den Punkt verfehlt, um den es geht.

Also frag nicht: *Was ist das Geheimnis, verheiratet zu sein und doch glücklich zu bleiben?*

Ich kann dir nur das Geheimnis verraten, wie man glücklich ist – Verheiratetsein hat damit nichts zu tun. Wenn du mit jemanden aus Liebe, aus Dankbarkeit zusammenlebst – gut. Wenn es ein Leben lang hält – gut. Wenn es eines Tages verschwindet, dann trennt euch mit einem Gefühl tiefer Dankbarkeit, in Erinnerung an die Liebe, die einmal zwischen euch war, die euch beide bereichert hat. Anstatt euch voller Frustration, Wut und innerer Ablehnung aneinander zu klammern und euch gegenseitig kaputtzumachen, euch gegenseitig Gewalt anzutun, ist es besser, sich mit Anmut voneinander zu trennen.

Man muss fähig sein, sich zu verlieben, und man muss auch wissen, wie man sich auf anmutige Weise wieder „entliebt“.

Aus: Tao, The Golden Gate

SEI EIN LIEBENDER MENSCH

Wie weiß ich, wann der richtige Zeitpunkt gekommen ist, eine Liebesbeziehung zu beenden? Wie kann man mit einem Menschen in die Tiefe gehen, wenn er Angst hat?

BEZIEHUNG UND LIEBE SIND ZWEI VÖLLIG VERSCHIEDENE DINGE. Liebe ist niemals Beziehung und Beziehung ist niemals Liebe. Liebe bezieht sich, ist aber keine Beziehung.

Beziehung ist etwas Totes, etwas Geschlossenes, Liebe ist ein Fließen.

Du fragst mich: *Wie weiß ich, wann der richtige Zeitpunkt gekommen ist, eine Liebesbeziehung zu beenden?* Merk dir als Erstes: Liebe ist niemals eine Beziehung – etwas anderes verbirgt sich dahinter und gibt vor, Liebe zu sein. Vielleicht willst du einen Ehemann oder eine Ehefrau – du suchst Sicherheit, du suchst Ordnung, ein geregeltes Leben.

Die Menschen wollen unbedingt ein geregeltes Leben führen, denn in einem geregelten Leben kann man sich sicher fühlen, man weiß, wo man ist, man weiß, was für eine Beziehung man zum andern hat. Das geordnete Leben, das der Mensch neun Monate lang im Mutterleib geführt hat, scheint seine Psyche tief beeindruckt zu haben, und er versucht immer, diese Ordnung zurückzugewinnen.

Wenn er liebt, möchte er eine Beziehung daraus machen – sofort! Er möchte heiraten. Er möchte ein bestimmtes

Muster schaffen. Er möchte alles vertraglich regeln. Oder er tritt einer Kirche bei oder einer politischen Partei oder einem Verein – alles muss seine Ordnung haben; er möchte wissen, wo sein Platz in der Hierarchie ist, in welcher Beziehung er zu den andern steht. Er möchte eine Identität haben: „Ich bin das." Er möchte alles sicher und geregelt wissen.

Aber das Leben ist ungewiss. Nur der Tod ist gewiss. Vergiss nicht: Nach deiner Geburt gibt es im Leben nur noch eines, was gewiss ist – den Tod; alles andere ist ungewiss. Ungewissheit ist der innerste Kern des Lebens; sie ist der Geist des Lebens. Aber wir wollen immer Ordnung.

Beziehung ist Ordnung, Liebe ist Unordnung.

Natürlich bezieht sich die Liebe, sie wird aber nie zur Beziehung. Liebe geschieht von Augenblick zu Augenblick. Vergiss das nicht. Liebe ist ein Teil deines Wesens, keine Beziehung. Es gibt liebevolle Menschen und lieblose Menschen. Lieblose Menschen geben mittels einer Beziehung vor, liebevoll zu sein. Liebevolle Leute brauchen keine Beziehung – Liebe allein genügt.

Sei lieber ein liebevoller Mensch, anstatt eine Liebesbeziehung einzugehen; denn Beziehungen entstehen heute, und morgen gibt es sie nicht mehr. Sie sind wie Blumen; am Morgen blühen sie, am Abend sind sie welk.

Sei ein liebender Mensch. Es fällt den Menschen sehr schwer, liebevoll zu sein, deshalb gehen sie eine Beziehung ein. Sie betrügen sich selbst, indem sie sagen: „Jetzt bin ich ein liebender Mensch, weil ich eine Beziehung habe." Und die Beziehung ist in Wirklichkeit vielleicht nur der Anspruch auf Monopol, Besitz und Ausschließlichkeit. Sie ist vielleicht nur aus Angst zustande gekommen und hat mit Liebe nichts zu tun. Die Beziehung mag nur eine Versicherung sein – finanziell oder sonstwie. Man braucht Beziehung nur, wenn keine Liebe da ist, Beziehung ist ein Ersatz für Liebe.

Sei wach! Eine Beziehung zerstört die Liebe, zerstört jede Möglichkeit, dass sie überhaupt entsteht. Das ist das Erste.

Das Zweite, du sagst: *Wie weiß ich, wann der richtige Zeitpunkt gekommen ist, eine Liebesbeziehung zu beenden?* Soviel ich weiß, ist Mantra noch allein. Soweit ich weiß, ist es schwierig für sie, in die Liebe hineinzugehen – das ist es, was ich in ihr sehe. Immer wenn ich in ihre Augen schaue, sehe ich ein Herz aus Stein. Ja, die Beziehung hat noch nicht einmal angefangen, und sie möchte schon wissen, wann sie wieder aufhört. Schlauer Kopf... möchte alles sicherstellen! Schon bevor es angefangen hat, möchtest du genau wissen, wie du es wieder beenden kannst.

Wenn du Angst hast, in die Liebe hineinzugehen, bist du ständig auf der Hut, springst sofort ab, wenn nötig, wenn es dir zu viel wird; du weißt, wann und wie du am besten aussteigst. Und Mantra ist bis jetzt noch nicht einmal in die Liebe hineingegangen und sie fragt schon, wie sie aussteigen soll. Sie möchte jede Möglichkeit im Vorhinein ausloten. Sie möchte sich vorbereiten – aber so kann man nicht in eine Liebesbeziehung hineingehen.

Man kann sich nicht vorbereiten. Wenn du dich zu sehr vorbereitest, wird diese Vorbereitung selbst zum Hindernis. Liebe muss geschehen! Wenn sie geschieht, dann kommt sie aus dem Unbekannten. Sie kommt... sie umgibt dich... macht dich verrückt ... treibt dich in unbekannte Richtungen, in unbekannte Dimensionen. Sie trägt dich fort. Sie ist immer eine Überraschung. Du kannst dich nicht auf sie einrichten. Je mehr du dich darauf einrichtest, desto weniger geschieht sie. Und gerade das tut Mantra – sie plant, denkt darüber nach, brütet, bereitet sich vor. Und das ist das Letzte, zu fragen: Wie weiß ich, wann der richtige Zeitpunkt gekommen ist, eine Liebesbeziehung zu beenden? Du hast noch nicht einmal angefangen! Die Hochzeit hat noch nicht stattgefunden und du gehst schon zum Anwalt und beantragst die Scheidung.

Und drittens: Liebe geschieht von allein und sie hört auch von allein auf. Du brauchst dir darum keine Gedanken zu machen. Du hast keinen Einfluss darauf, ob sie geschieht, und du kannst auch ihr Ende nicht herbeiführen. Das liegt jenseits von dir. Liebe ist weit größer als du. Dein Ego kann sie nicht kontrollieren.

Genau deshalb lässt sich Mantra nicht in die Liebe fallen, sie weiß überhaupt nicht, was das eigentlich ist. Sie hält sich zurück; sie ist eine Dame mit Disziplin. Hätte sie in der guten alten Zeit gelebt, sie wäre sehr angesehen gewesen – denn sie ist eine Dame. Hier ist sie in falsche Gesellschaft geraten. Dieser Ort hier ist nicht für Ladies und Gentlemen. Für Damen und Herren gibt es andere Plätze – Friedhöfe zum Beispiel. Dieser Platz hier ist für lebendige Leute – für Männer und Frauen, aber nicht für Damen und Herren.

Eine Dame ist eine verdünnte Frau – nutzlos! Ein Gentleman ist kein Mann mehr – deshalb nennt man ihn auch „Gentleman“ – sanfter Mann. Er hat alle Energie verloren, er ist lauwarm, er hat kein Feuer mehr, keine Leidenschaft. Sein Feuer ist ausgebrannt. Er hat Manieren, er kennt die Etikette, aber er ist tot.

Man kann die Liebe nicht ausschalten. Es gibt keinen

Schalter, den man an- und ausschalten kann. Du kannst nur offen für sie sein: Wenn's passiert, passiert's. Sie kommt immer aus dem Blauen – wie ein Schock. Und sie schüttelt und entwurzelt dich – wie ein Erdbeben. Dir schwindet der Boden unter den Füßen. Plötzlich fällst du in einen bodenlosen Abgrund.

Darum heißt es im Englischen *falling in love* - „in Liebe fallen". Du verlierst das Gleichgewicht. Du bist nicht mehr du selbst. Du bist betrunken. Du schwankst wie ein Betrunkener. Kontrolle und Disziplin haben in der Liebe keinen Platz. Du kannst weder bestimmen, wann sie kommt, noch, wann sie geht. Manchmal kommt es vor, dass die Liebe aufgehört hat und du trotzdem mit dem Mann oder der Frau weiterlebst. Oder das Gegenteil: Die Frau ist gestorben, aber die Liebe ist immer noch da; der Mann ist gestorben, aber seine Frau liebt ihn immer noch. Die Wege der Liebe sind sehr geheimnisvoll.

Du kannst mit dem Mann oder der Frau weiterleben, du kannst weiterhin Kinder produzieren – aber es ist keine Liebe mehr da. Oder deine Frau hat dich verlassen, ist zu einem andern gegangen. Sie geht ihren eigenen Weg – aber du weinst weiter um sie, du fühlst weiter für sie; dein Herz schlägt noch für sie. Es singt und tanzt noch für sie. Oder die Frau ist gestorben, und du kannst sie nicht mehr wiedersehen, aber dein Gefühl für sie ist noch da. Du kannst die Wege der Liebe nicht beeinflussen. Du kannst nicht wissen, wann der richtige Zeitpunkt gekommen ist. Liebe ist etwas so Gefährliches – du kannst weder den richtigen Zeitpunkt für ihren Anfang noch für ihr Ende wissen. Sie kommt immer zum unrichtigen Zeitpunkt – wenn du nicht darauf wartest, nicht daran denkst, ja, selbst wenn du verwirrt bist. Der Gott der Liebe nimmt einfach Besitz von dir.

Wenn du bestimmen willst, wann die Liebe kommt und wann sie geht, ist es nicht Liebe. Dann ist es etwas Unnatürliches, Synthetisches, Plastik.

Wie weiß ich, wann der richtige Zeitpunkt gekommen ist, eine Liebesbeziehung zu beenden? Wie kann man mit einem Menschen in die Tiefe gehen, wenn er Angst hat? Wenn er Angst hat, ist es sein Problem. Du brauchst dich darum nicht zu sorgen. Kümmere dich nicht um Probleme von anderen.

Wenn du dir einen Angsthasen aussuchst, heißt das nur, dass du tief in dir ein Problem hast – darum suchst du dir jemand aus, der Angst hat. Vielleicht hast du Angst und möchtest nicht mit einem mutigen Menschen zusammen sein, denn der würde dich vielleicht auf unbekanntes Gelände führen. Also baust du eine Beziehung auf.

Vergiss nicht: Nur Beziehungen können aufgebaut werden. Du baust eine Beziehung mit einem Feigling auf, weil du weißt, dass der nicht sehr weit gehen wird; du weißt: er ist ein größerer Feigling als du. Du weißt, dass du ihn unter den Pantoffel stellen kannst, dass er dir wie ein Schatten folgen wird. Das ist das Problem, das Dilemma.

Niemand liebt einen Pantoffelhelden, nicht einmal seine eigene Frau – denn die Liebe verlangt immer nach etwas Großem. Liebe verlangt immer nach dem Göttlichen. Der Pantoffelheld sieht so hässlich aus, so lieblos, nicht wert, geliebt zu werden. Nicht einmal seine Frau kann ihn lieben. Wie kannst du eine Frau lieben, die nur deine Sklavin ist? Liebe geschieht zwischen Freunden, nicht zwischen Herren und Sklaven. Du kannst eine Frau nicht lieben, wenn sie dein Sklave ist. Du kannst sie herumkommandieren, aber nicht lieben; du kannst sie benützen, aber nicht lieben. Es ist so was wie Prostitution, aber nicht Liebe. Du kannst nur jemanden lieben, der dir ebenbürtig ist.

Ich weiß also nicht, über wen du fragst, aber es ist sein Problem. Er sollte zu mir kommen, er kann mich fragen. Aber eins ist gewiss über dich: Wenn du dich in einen Mann verliebst, der Angst davor hat, in die Tiefe zu gehen, hast in Wirklichkeit du Angst davor, in die Tiefe zu gehen – deshalb hast du dir diesen Mann ausgesucht.

Wir suchen uns immer den Menschen aus, der zu unserem innersten Charakterbild passt. Wir verlieben uns immer nur in jemanden, mit dem auch unser Kopf einverstanden ist.

Ich hörte von einem Mann, der sich achtmal scheiden ließ, und selbst überrascht war, dass er mit demselben Frauentyp immer wieder zusammenkam. Achtmal versuchte er es – und er gab sich große Mühe! Nach ein oder zwei Jahren ließ er sich von der Frau scheiden, sah sich erneut um und passte sehr auf, nicht wieder in dieselbe Falle zu geraten, aber dann, nach sechs, acht Monaten, nahm er wieder eine Frau... ein paar Tage lang war alles ok ... und dann dasselbe eingefahrene Gleis. Nach acht Ehen wurde er sich bewusst, dass das wirkliche Problem in ihm war. Ihn zogen nur bestimmte Frauen an, und solange er in sich nichts veränderte, half es nichts, die Frau zu wechseln.

Du hast eine bestimmte Vorstellung im Kopf, und deshalb zieht dich nur ein bestimmter Männer- oder Frauentyp an. Und du wirst solange wieder an ihn oder sie geraten, bis du dich selbst veränderst.

Du fragst: *Wie kann man mit einem Menschen in die Tiefe gehen, wenn er Angst hat?* Warum hast du dir diesen Mann ausgesucht? Du könntest dir auch den gefährlichen Typ aussuchen, wenn du wirklich tief gehen willst. Und jeder hat davor Angst, tief zu gehen – denn in der Tiefe ist der Tod, jede Tiefe entspannt dich so sehr, dass du meinst, es sei ein Tod. Jede Tiefe holt dich aus dem Ego heraus. Deshalb fürchten sich die Leute vor der Liebe. Sie wollen eine Beziehung, aber vor der Liebe haben sie Angst.

Und eine Liebe, deren Ende offen ist, macht mehr Angst – denn du weißt nie, wo sie dich an Land wirft. Offen zu bleiben, das Ende nicht zu planen, zu lieben, ohne eine Beziehung daraus zu machen – das erfordert Mut. Und wenn du diesen Mut hast, kommt die Liebe auf tausenderlei Wegen, sie singt tausend Lieder in deinem Herzen und tanzt tausend Tänze in deinem Wesen.

Aus: Walk Without Feet, Fly Without Wings

RENNE DER LIEBE NICHT HINTERHER

Ich habe das Gefühl, dass bei allem, was ich tue, auch bei den angenehmen Dingen immer etwas fehlt, etwas nicht stimmt. Sogar in meiner Beziehung – und wir sind jetzt ein Jahr zusammen – und eben auch in den schönen Augenblicken, habe ich das Gefühl, dass irgendwo eine Spannung sitzt, irgendwo ein Kampf stattfindet. Und ich weiß nicht... manchmal denke ich sogar, dass diese Geschichte mit ihm überhaupt nichts mit Liebe zu tun hat, dass es nur ein Ego-Trip und eine Abhängigkeit von mir ist... oder...

DU KANNST EIN PROBLEM DARAUS MACHEN, UND DANN KANN man es nicht lösen. Mach also vor allem kein Problem daraus, denn es ist keines. Wenn du wirklich siehst, was los ist, dann erkennst du, dass es ein Geschenk ist.

Jeder Liebende hat immer das Gefühl, dass etwas fehlt, weil Liebe an sich unvollkommen ist; sie ist ein Prozess und keine Sache. Jeder Liebende glaubt deshalb, dass etwas fehlt. Aber deute dieses Gefühl nicht falsch ... es zeigt nur, dass die Liebe selbst etwas Dynamisches ist. Sie ist wie ein Fluss, der immer weiterfließt, immer weiter. Diese Bewegung ist das Leben des Flusses. Hört sie auf, wird der Fluss gestaut – und dann ist es kein Fluss mehr. Das Wort Fluss selbst deutet auf einen Prozess hin, der Klang des Wortes gibt einem schon das Gefühl von Bewegung. Die Liebe ist ein Fluss, sie ist keine Sache, kein Gebrauchsgegenstand. Denk also nicht, dass etwas fehlt, diese Unvollständigkeit gehört zum Wesen der Liebe. Und es ist gut, dass sie nie vollkommen ist, denn wenn etwas fehlt, gibt's noch etwas zu tun; das ist ein Ruf zu immer höheren Gipfeln. Aber es ist nicht so, dass du erfüllt bist, wenn du diese Gipfel erreichst...

Liebe ist nie befriedigt; sie kennt keine Erfüllung, aber sie ist wunderbar, weil sie immer und ewig lebendig ist. Und du wirst in jeder Beziehung das Gefühl haben, dass etwas nicht stimmt. Denn wenn sich zwei Menschen begegnen, treffen sich zwei verschiedene Welten. Und wenn man erwartet, dass diese Welten vollkommen zusammenpassen, dann erwartet man zu viel, man erwartet das Unmögliche, und daraus entsteht dann Frustration. Wenn ihr vollkommen zusammenpasst, wenn alles zusammenstimmt, gerät eure Beziehung ins Stocken.

Momente totaler Harmonie gibt es nur ganz selten; es kann sogar sein, dass du sie gar nicht wahrnimmst, wenn sie stattfinden – so selten und flüchtig sind sie. Der Moment ist da – und schon wieder vorbei –, es ist wie ein Aufleuchten. Und so kurze Einblicke frustrieren dich noch mehr, weil du dann besser sehen kannst, wo ihr nicht zusammenpasst. Bei euch ist alles so, wie es sein soll. Strengt euch wirklich an, übereinzustimmen, aber seid auch immer darauf gefasst, dass es nicht ganz gelingt; und macht euch deswegen keine Sorgen, sonst kommt ihr noch weiter auseinander.

Ein Zusammenklang geschieht nur, wenn ihr nicht daran denkt und nicht darauf wartet – er kommt aus dem Blauen. Es ist eine Gnade, ein Geschenk Gottes.

Liebe ist keine Sache, die man fabrizieren kann. Aber es kann sein, dass sie entsteht, wenn du gerade etwas anderes tust. Man kann kleine Dinge tun, die nicht direkt mit der Liebe zusammenhängen – beieinander sitzen, den Mond betrachten, Musik hören. Liebe ist sehr empfindsam und zerbrechlich. Wenn du sie ansiehst, sie direkt anstarrst, verschwindet sie. Sie kommt nur, wenn du ihrer nicht bewusst bist und etwas anderes machst. Du kannst nicht wie ein Pfeil direkt auf sie losschießen.

Liebe ist kein Ziel. Sie ist etwas sehr Zartes ... Scheues. Wenn du direkt auf sie losgehst, versteckt sie sich, wenn du sie direkt angehst, wirst du sie verfehlen.

Die Welt ist sehr dumm geworden, was die Liebe betrifft. Sie soll immer da sein. Sie soll so etwas wie Nescafé sein – sofort löslich, immer wenn du sie willst, bestellst du, und gleich ist sie da. Liebe ist eine zarte Kunst und nicht etwas, das man wirklich machen kann. Manchmal gibt es diese seltenen, seligen Augenblicke... dann kommt etwas aus dem Unbekannten herüber. Dann bist du nicht mehr auf der Erde, sondern im Paradies.

Wenn du zum Beispiel mit deinem Liebsten ein Buch liest und ihr geht beide ganz darin auf, merkt ihr auf einmal, dass sich etwas ganz Neues, Eigenes um euch herum bildet – es umgibt euch wie eine Art Aura und macht alles sehr friedvoll. Und ihr habt nichts Direktes dazu getan; ihr habt nur zusammen ein Buch gelesen oder einen langen Spaziergang gemacht, Hand in Hand gegen den starken Wind gekämpft – und plötzlich ist es da. Es geschieht immer unverhofft. Lernt also, wie man gemeinsam etwas unternimmt. Ich habe so viele Menschen beobachtet, Tausende von Paaren; und dabei ist mir aufgefallen, dass die meisten völlig vergessen haben, wie man etwas zusammen unternimmt oder auch nichts tut und nur einfach zusammen ist. Die Leute haben das völlig vergessen. Und wenn sie nichts anderes mehr zu tun haben, dann schlafen sie miteinander – und dabei passiert natürlich nicht viel, und deshalb sind sie mit der Zeit von der Liebe selbst enttäuscht, und dann kommt ihnen das ganze Leben sinnlos vor, denn wenn die Liebe sinnlos wird, ist auch das Leben sinnlos. Mann und Frau sind verschieden und passen im Grunde überhaupt nicht zusammen.

Und das ist das Wunderbare: Wenn sie zusammenpassen, ist es ein Wunder, ein magischer Augenblick.

Normalerweise gibt es nur Streit und Auseinandersetzung zwischen Mann und Frau, und das ist normal und verständlich, denn sie haben ganz unterschiedliche Psychen; ihre Ansichten sind diametral entgegengesetzt. Sie können in nichts übereinstimmen, weil ihre Logik verschieden ist. Wenn sie auf einer tiefen Ebene übereinstimmen, sich dort in Harmonie befinden, ist das fast ein Wunder. Das ist wie ein *Kohinoor* (der größte Diamant der Erde), und man darf danach nicht jeden Tag verlangen, darf es nicht als etwas Alltägliches betrachten.

Man muss darauf warten. Monate, sogar Jahre können vergehen – und dann ist es plötzlich da. Und es kommt immer aus dem Nichts, völlig grundlos, hm? Verstehst du, was ich meine? Mach dir keine Sorgen, es wird sich alles von selbst regeln. Und suche die Liebe nicht, sonst findest du sie nie.

Aus: Und vor allem nicht Wackeln

LIEBE KOMMT DURCH GEBEN

Love.
Dein Brief ist angekommen.

Um Liebe darf man nicht bitten –
sie wird nie durch Bitten erlangt.
Liebe kommt durch Geben –
sie ist dein eigenes Echo.

Du fühlst meine Liebe auf dich niederregnen,
weil du selbst jetzt ein Fluss von Liebe bist,
der mir entgegenströmt.
Und wenn deine Liebe,
so wie mir, auch allem zuströmt,
wirst du die ganze Welt
dir zuströmen sehen in Liebe.

Bedingungslos liebend allem zu begegnen,
allem, was ist,
ist die Erfahrung Gottes.

Aus: Love. Briefe an Schüler und Freunde

ÜBER OSHO

OSHOS LEHREN WIDERSTEHEN jeglicher Kategorisierung, sie gehen von der persönlichen Sinnsuche bis hin zu den dringendsten sozialen und politischen Fragen, mit der die Welt heute konfrontiert ist. Seine Bücher sind nicht geschrieben, sondern aus zahllosen Tonband- und Videoaufnahmen transkribiert. Er hat über einen Zeitraum von 35 Jahren vor einer internationalen Zuhörerschaft stets aus dem Stegreif gesprochen.

DER LONDONER SUNDAY TIMES zufolge zählt Osho zu den „1000 Machern des 20. Jahrhunderts"; der amerikanische Romanautor Tom Robbins hat ihn einmal „den gefährlichsten Mann seit Jesus Christus" genannt. Osho selbst beschreibt sein Werk als „Beitrag, die Voraussetzungen für die Entstehung einer neuen menschlichen Lebensweise zu schaffen". Diesen neuen Menschentypus hat er immer wieder als „Sorbas der Buddha" umschrieben – also ein Menschen, der nicht nur wie Sorbas der Grieche die irdischen Freuden zu schätzen weiß, sondern ebenso sehr die stille Heiterkeit eines Gautam Buddha.

WIE EIN ROTER FADEN ZIEHT sich durch alle Aspekte von Oshos Arbeit die Vision einer Verschmelzung der zeitlosen Weisheit des Ostens mit den höchsten Potenzialen westlicher Wissenschaft und Technik.

VOR ALLEM SEINE REVOLUTIONÄREN Neuansätze zur Wissenschaft der inneren Transformation haben Osho berühmt gemacht. Denn seine Auffassung von Meditation wird dem rasanten Tempo einer modernen Lebensweise gerecht.

SEINE INNOVATIVEN „AKTIVEN MEDITATIONEN" basieren auf dem Gedanken, dass erst der in Körper und Geist angesammelte Stress abgebaut werden muss, um frei von Gedanken und entspannt einen meditativen Zustand zu erfahren.

www.osho.com

OSHO INTERNATIONAL MEDITATION RESORT

DAS OSHO INTERNATIONAL MEDITATION RESORT ist ein großartiger Platz um Urlaub zu machen und auszuspannen. Ein Platz an dem Menschen aber auch eine ganz neue Lebensweise direkt erfahren können – geprägt von mehr Bewusstheit, Entspannung und Lebensfreude. Etwa 100 km südöstlich von Mumbai im indischen Pune gelegen, hat dieser Platz ein reichhaltiges Programm zu bieten; Tausende von Menschen aus mehr als hundert Ländern weltweit besuchen den Platz Jahr für Jahr.

DIE STADT PUNE, ursprünglich eine Sommerresidenz für Maharadschas und reiche Briten der Kolonialzeit, hat sich zu einer blühenden modernen Großstadt entwickelt, die heute eine ganze Reihe von Universitäten und high-tech Industrien beherbergt. Das Meditation Resort erstreckt sich über ca. 15 Hektar inmitten eines von prächtigen alten Baumalleen gesäumten Villenviertels namens Koregaon Park. Das Resort bietet Unterkunftsmöglichkeiten auf dem Campus im neuerbauten Guesthouse; daneben gibt es aber noch ein breites Angebot an nahegelegenen Hotels und Privatappartments.

DAS PROGRAMM DES RESORTS gründet auf Oshos Vision einer qualitativ neuen Art von Mensch, der nicht nur sein Alltagsleben schöpferisch zu gestalten vermag, sondern auch Zugang zu entspannter Stille und Meditation findet.

PRAKTISCH ALLE VERANSTALTUNGEN finden in modernen, klimatisierten Räumlichkeiten statt. Angeboten werden u.a. Einzelsitzungen, Kurse und Workshops zu allen möglichen Themen – von den bildenden Künsten bis hin zu ganzheitlichen Heilmethoden, von persönlicher Transformation bis hin zu Therapie, esoterischer Wissenschaft, Sport- und Fitnessprogrammen mit ‚Zen'-Akzent, Beziehungsthemen und Angebote für Menschen, die in grundlegenden Veränderungsphasen ihres Lebens sind. Und natürlich gibt es ganzjährlich die täglich stattfindenden Meditationen im Resort.

IN DEN CAFÉS UND RESTAURANTS unter freiem Himmel stehen sowohl Menus der indischen Küche als auch eine breite Palette internationaler Gerichte zur Wahl. Verarbeitet werden nur Gemüse aus organisch-kontrolliertem Anbau von der Farm des Resorts. Der Campus verfügt über sicheres, gefiltertes Wasser aus der eigenenen Trinkwasseranlage.

www.osho.com/resort

IN DER „KLEINEN REIHE" ERSCHEINEN TEXTE AUS VORTRÄGEN OSHOS ZU DEN UNTERSCHIEDLICHSTEN THEMEN.
AUFMUNTERNDE, MANCHMAL PROVOZIERENDE GLANZLICHTER ZUM KENNENLERNEN.

TANTRA, SPIRITUALITÄT & SEX
ISBN 978-3-936360-75-2

TOD – DER HÖHEPUNKT DES LEBENS
ISBN 978-3-936360-82-0

VOM STRESS ZUR ENTSPANNUNG
ISBN 978-3-936360-76-9

LIEBE BEGINNT NACH DEN FLITTERWOCHEN
ISBN 978-3-936360-80-6

DAS CHAKRA BUCH
Energie und Heilkraft der
feinstofflichen Körper
320 S., Broschur
ISBN 978-3-910856-00-4

In diesem Buch entfaltet sich Oshos enormes Verständnis über die menschlichen Energiekörper. Es ist wohl das tiefgreifendste und detaillierteste Werk, das in der Welt der Bewusstseinsforschung existiert. Er durchleuchtet die „natürliche" wie auch die „spirituelle" Dimension jedes Chakras und führt uns in die multidimensionale Welt der Feinstofflichkeit, die wir mit unserem Alltagsbewusstsein nicht wahrnehmen.
Jedes Kapitel schafft einen anderen Zugang zu einer großartigen Welt, die unsere eigentliche Essenz ist: Energie und Licht.